Moon et Iro 1

Titre original : *My Friend the Merboy Vol.1*

Basé sur le webcomic *My Friend the merboy*, édité et publié par NAVER WEBTOON.

Traduction du coréen : Laïla Sarah Kezzi (Studio Charon)
Correction, maquette et lettrage : Studio Charon
Suivi éditorial : Mathilde Peru

1, rond-point du Général-Eisenhower, 31101 Toulouse Cedex 9, France
editionsmilan.com

Dépôt légal : janvier 2025 • ISBN : 978-2-408-05746-6
Achevé d'imprimer au 4e trimestre 2024 en Slovaquie par Polygraph
Plus d'information sur la fabrication de nos livres :
editionsmilan.com / comment-fabriquons-nous-nos-livres

Cet ouvrage a été réalisé avec le soutien
du Conseil régional d'Occitanie
et d'Occitanie Livre & Lecture.

FSC www.fsc.org
MIXTE
Papier | Pour une gestion forestière responsable
FSC® C023577

WONSANJI

Moon et Iro 1

YAM-YAM milan

TZZT
BRAOUM
FSH
FSH
MOON ! DÉTACHE CETTE CORDE, TU VEUX BIEN ?
D'ACCORD !
OH HISSE
TU Y ARRIVES ? TU VEUX QUE MAMAN LE FASSE ?
NON !
JE PEUX LE FAIRE TOUTE SEULE ! PAPA M'A MONTRÉ, IL Y A QUELQUES JOURS.
FRRT
FRRT

C'EST FAIT !
FWIP
HOP
PAPA ! J'AI DÉTACHÉ LA CORDE !
BRAOUM
OH...
SPLASH
PAPA ?
SPLASH
MAMAN ?
OÙ ÊTES-VOUS ?
SPLASH

AAAH !
WIP
WIP
SPLASH
MAMAN ! OÙ ES-TU ?!
SHAA
PAPA ! C'EST PAS DRÔLE !
MAMAN !
SPLASH
POURQUOI IL N'Y A PERSONNE ? OÙ EST-CE QU'ILS SONT PASSÉS ?
BRR
ARGH...
MA... MADAME LA SOUS-PRÉFÈTE !
JONGHWA !
HWAN !

FWOOOUSH
IL Y A QUELQU'UN ?!
OH...?
SHAAA
AAAHMPF !
ARGH !
FWIP

BLOUF
FSHH
MINCE ! JE NE SAIS PAS NAGER... !
BLOUP
BLOUP
!!!
HMPF
JE... JE DOIS SORTIR DE L'EAU, ET VITE.

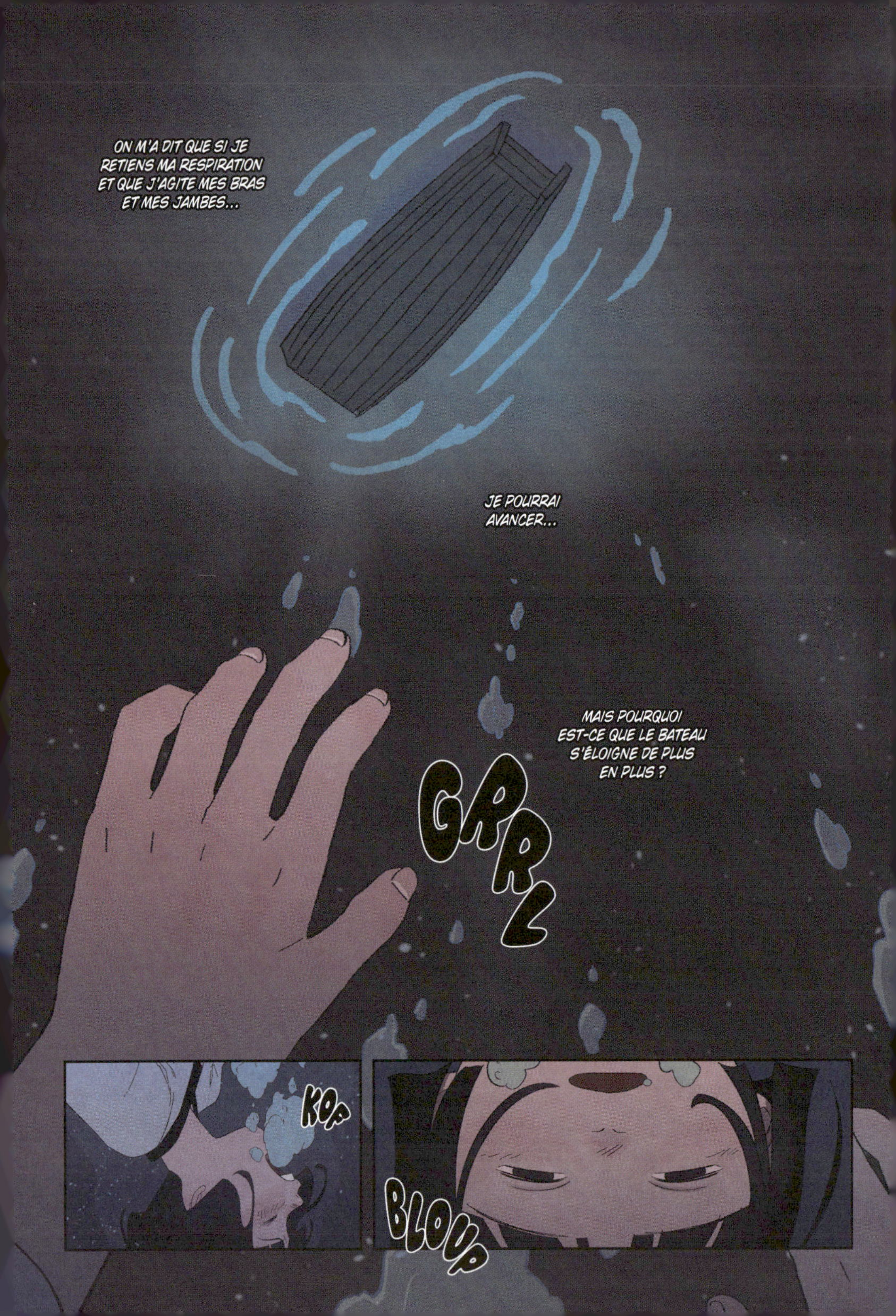
ON M'A DIT QUE SI JE RETIENS MA RESPIRATION ET QUE J'AGITE MES BRAS ET MES JAMBES…
JE POURRAI AVANCER…
MAIS POURQUOI EST-CE QUE LE BATEAU S'ÉLOIGNE DE PLUS EN PLUS ?
GRRL
KOF
BLOUP

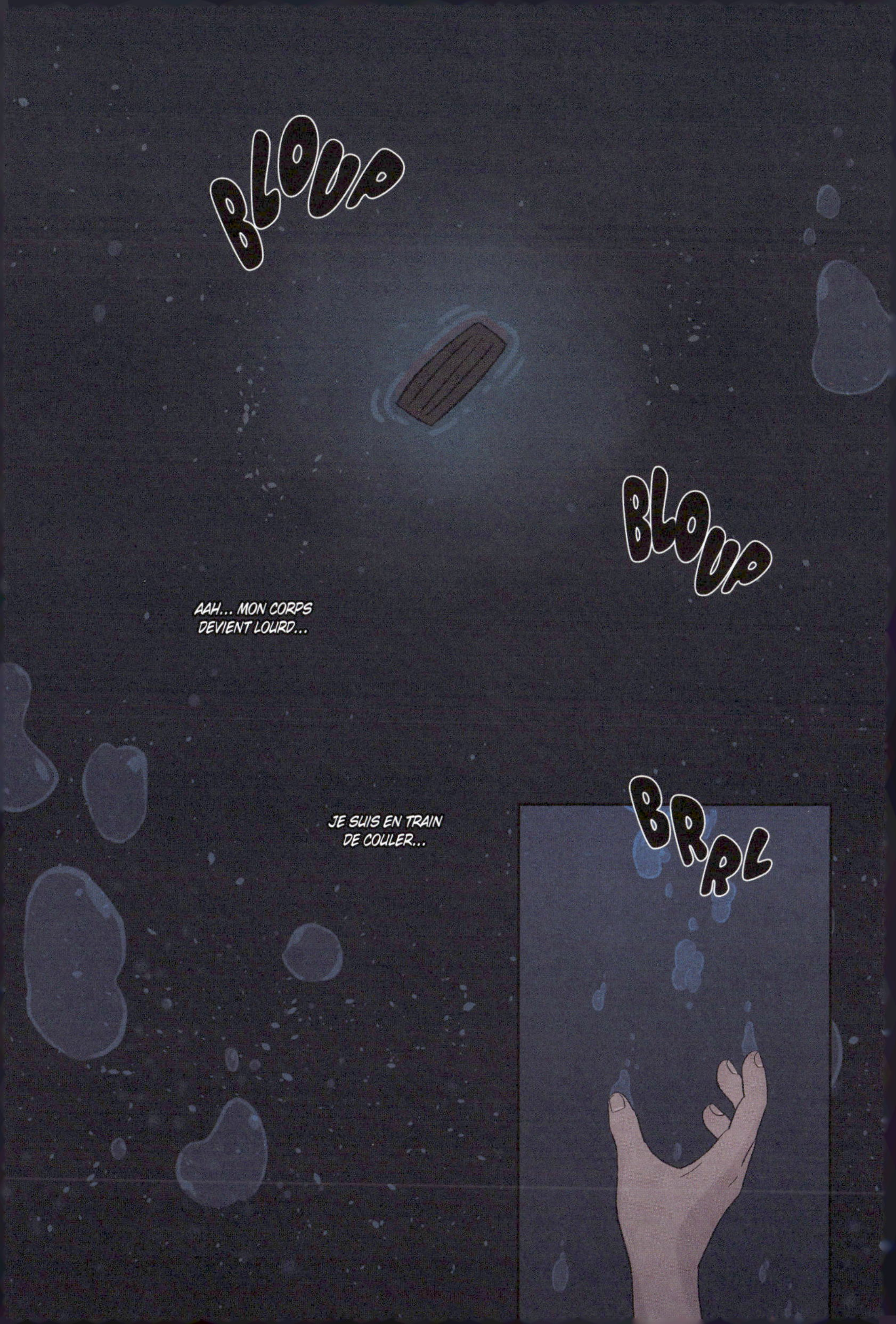
BLOUP
BLOUP
AAH... MON CORPS DEVIENT LOURD...
JE SUIS EN TRAIN DE COULER...
BRRL

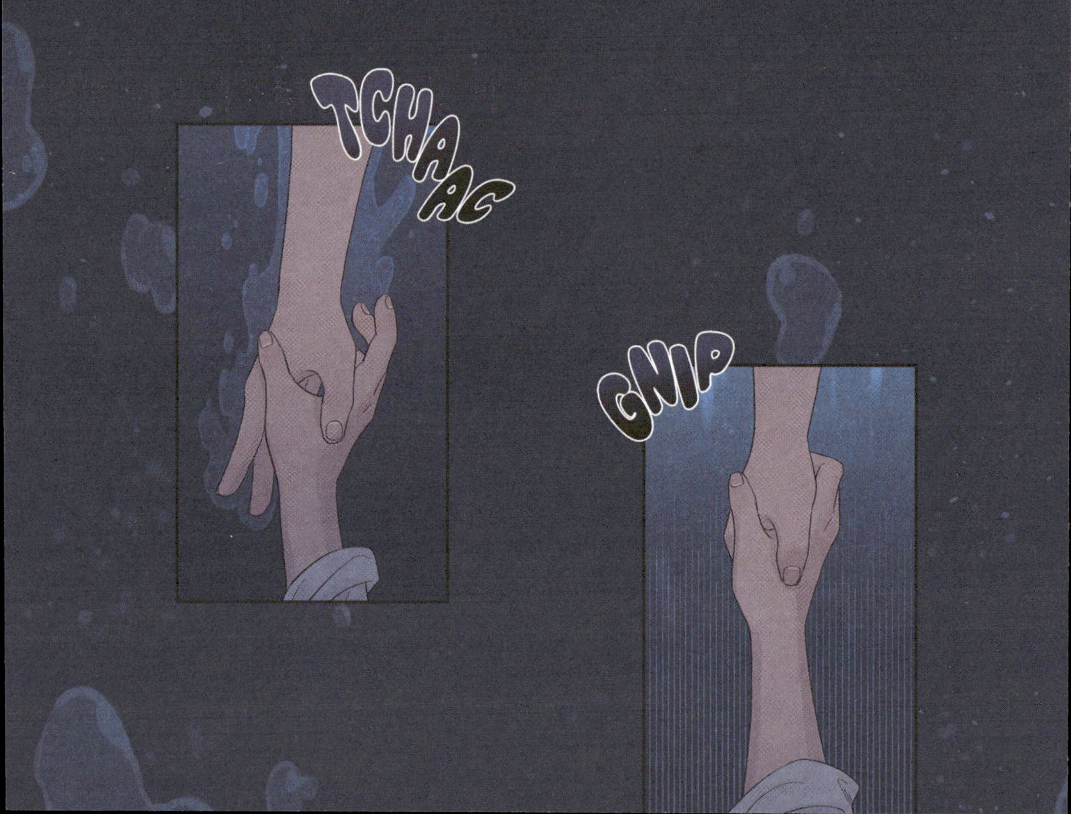
TCHAAC
GNIP

CLING
CUII
CUII
CUII
CUII
CUUIIII

ALLONS, ALLONS !
NE SOYEZ PAS SI PRESSÉS, LES PIOUPIOUS !
PIOU
CUI
CUI
PIOU
FSH
GLOUTON
FSH
SPLASH
ET VOILÀ !
JE SUIS PRÊTE !
TA
DAM

CUI
CUI
CUI
CRII

JE SORS !

CUI
CUI
CUI
CUI
TADAP

CRII
BAM
EH, HWAN !
SALUT, MOON !
BONJOUR !
TU VAS DÉJÀ À L'ÉCOLE ?
Tu es matinal !
SI JE PARS MAINTENANT, J'ARRIVERAI JUSTE À TEMPS POUR L'APPEL.
Je ne suis pas en avance.
TU VEUX QUE JE TE DÉPOSE AU MARCHÉ ?
C'est sur mon chemin.

AVEC PLAISIR !
YAH !
Attention !
FWIP
POF
ACCROCHE-TOI BIEN !
C'est parti !
Oui !
D'ACCORD !
TAC
FWII
TU AS ENCORE RÊVÉ QUE TU TOMBAIS DANS L'EAU, CETTE NUIT ?
HEIN ? COMMENT TU LE SAIS ?
HÉ HÉ
FWIP
JE LE SAIS PARCE QUE JE TE CONNAIS PAR CŒUR.
À CHAQUE FOIS QUE TU FAIS CE RÊVE, TU DORS MAL.
JE SUIS TOMBÉE À L'EAU ! JE N'AI PLUS DE SOUFFLE !!!
OUIIIN
ZZZ

J'AI FAIT UN MAUVAIS RÊVE...
Mais je ne m'en souviens déjà plus.
JE ME SUIS LEVÉE TÔT, JE VAIS FAIRE DES COURSES...
ET JE T'AI MÊME CROISÉ EN CHEMIN, ALORS TOUT VA BIEN, NON ?
C'EST VRAI, TU AS RAISON.
EN PLUS, JE M'EN VAIS ACHETER DE LA DAURADE ROUGE, LE POISSON PRÉFÉRÉ DE JONGHWA !
Du frais, bien sûr !
TROIS BONNES CHOSES EN UNE SEULE MATINÉE, C'EST SUPER.
D'AILLEURS, ÇA TE CONVIENT DE VIVRE AVEC JONGHWA ?
OUI !
ELLE EST TRÈS GENTILLE AVEC MOI !
ELLE ME DONNE DE JOLIS VÊTEMENTS, ME LIT DES HISTOIRES, ET PARTAGE MÊME SON GOÛTER AVEC MOI.
TATIE DIT QU'ON EST PLUS PROCHES QUE DE VRAIES SŒURS.
Elle, elle se disputait tout le temps avec sa grande sœur.

ET COMMENT VA LA SANTÉ DE JONGHWA ?
ELLE VA MIEUX QU'AVANT, MAIS AVEC CETTE CHALEUR, ELLE N'A PLUS TROP D'APPÉTIT.
ALORS QUAND TATIE A PARLÉ DE LA DAURADE ROUGE QU'ELLE ADORE, J'AI DIT QUE J'IRAI EN ACHETER !
Eh ben !
TU ES TRÈS GENTILLE, MA PETITE MOON.
MÊME SI JONGHWA EST MALADE, JE VAIS DEVOIR M'ASSURER DE BIEN ÉTUDIER POUR QUE VOUS SOYEZ FIÈRES DE MOI.
CE SERA AUSSI UNE FAÇON DE REMERCIER MADAME LA SOUS-PRÉFÈTE POUR SA BONTÉ.
C'EST QUAND QUE TU DEVIENDRAS MÉDECIN ?
HMM… IL RESTE ENCORE TELLEMENT DE JOURS QUE JE NE PEUX MÊME PAS LES COMPTER.
C'EST BEAUCOUP TROP LONG ! DONNE-TOI ENCORE PLUS À FOND !
PFUU
HA HA
OUI, CHEFFE !

!
JE VAIS DESCENDRE ICI. MERCI POUR LA BALADE !
HOP
HEIN ? MAIS NOUS NE SOMMES PAS ENCORE AU MARCHÉ !
CRII
AAH...
Laissez-moi porter ça jusqu'au marché !
C'est lourd, tu es sûre d'en être capable ?
Mais oui ! Je suis forte, vous savez !
MOON EST TOUJOURS PRÊTE À AIDER TOUT LE MONDE !
Elle adore rendre service !
BON, J'Y VAIS. À LA PROCHAINE, MOON !
BONNE ROUTE ! ET ÉTUDIE BIEN !

GÂTEAU DE RIZ
GÂTEAU DE RIZ
HOP-LÀ !
PAF
MERCI, MOON.
TIENS, PRENDS ÇA EN GUISE DE REMERCIEMENT. GRIGNOTES-EN LORSQUE TU AURAS UN PETIT CREUX.
OH, MERCI BEAUCOUP !
N'OUBLIE PAS DE PASSER LE BONJOUR À MADAME LA SOUS-PRÉFÈTE.
OUI, D'ACCORD !
BROUHAHA
MAINTENANT, JE DOIS ACHETER DE LA DAURADE ROUGE…
BROUHAHA
OH LÀ LÀ !
CE SERAIT PAS LA PETITE DE CHEZ MADAME LA SOUS-PRÉFÈTE ?
COMMENT VA-T-ELLE ?
BONJOUR !

QUAND JE L'AI VUE IL Y A QUELQUES JOURS, ELLE TOUSSAIT UN PEU. MAIS ELLE AVAIT L'AIR EN BONNE SANT...
ARGH
QUOI ?! ELLE TOUSSAIT ?!
OUI, MAIS CE N'EST RIEN DE GRAVE...
ET SI C'ÉTAIT UN RHUME ? IL FAUT S'EN OCCUPER TOUT DE SUITE !
FWIP
ATTENDS UN INSTANT ! J'AI QUELQUE CHOSE POUR ELLE !
MAIS... ELLE EST EN PLEINE FORME, JE VOUS ASSURE...
AH, VOILÀ !
APPORTE-LUI ÇA DE MA PART !
TOU
DOUM
Hein ?
Pourquoi vous avez quatre mains...?

ÇA, C'EST UN THÉ QUI VIENT DE CHINE, PARFAIT CONTRE LA FATIGUE.
ET ÇA, C'EST UN MÉDICAMENT QUI STOPPE LA TOUX.
IL Y A AUSSI DES OS À MOELLE DE QUALITÉ.
ET ENFIN, UN BON SIROP. DIS-LUI BIEN D'EN PRENDRE APRÈS CHAQUE REPAS !
MERCI, TOUT LE MONDE. JE LUI DONNERAI TOUT ÇA !
MADAME LA SOUS-PRÉFÈTE EST MALADE ?
C'EST VRAI QU'ELLE AVAIT L'AIR OCCUPÉE, CES DERNIERS TEMPS.
BROUHAHA
SON TRAVAIL NE LUI PERMET PAS DE TOMBER MALADE...
MOON, PRENDS AUSSI ÇA AVEC TOI !
EMPORTE AUSSI CECI !
BROUHAHA
ET ÇA !
ÇA FAIT BEAUCOUP, NON ? QUELQU'UN PEUT ME DONNER UN TISSU POUR TOUT EMBALLER ?
POF
EST-CE QU'IL Y A TROP DE CHOSES ?
VOUS CROYEZ QUE LA PETITE POURRA PORTER TOUT ÇA ?

MERCI ! JE VAIS TOUT APPORTER À MADAME !
Tu es très forte !
Oh, tu as réussi à le soulever !
FWIP
WOUAH
AH OUI, LA DAURADE ROUGE !
SHH
OH !
GNAP
MERCI, GRAND-MÈRE !
ATTENDEZ, J'AI DE L'ARGENT DANS MA POCHE...
Mais j'ai les mains prises...
C'EST BON, PRENDS-LES.
Je ne veux pas d'argent.

NOUS SOMMES SI RECONNAISSANTS ENVERS MADAME LA SOUS-PRÉFÈTE… L'ARGENT, CE N'EST RIEN.
HÉ HÉ !
MAIS SI JE NE VOUS PAYE PAS, ELLE VA ME GRONDER !
LA PROCHAINE FOIS, JE PAIERAI LE DOUBLE !
ARGH
TADADAP
FINALEMENT, J'AI FINI PLUS TÔT QUE PRÉVU…
GRR
GRR
AH OUI !
ET SI JE MANGEAIS LES GÂTEAUX DE RIZ QU'ON M'A DONNÉS TOUT À L'HEURE ?!

TAP
TAP
POUF
FWIP
FWIP
ILS SONT ENCORE CHAUDS !
SHH
SHH
BON APPÉTIT, MOON !
HAAM
PLOUF
HM ?

FSHH
FSHH
SPLASH
C'EST QUOI, ÇA ?
UN DAUPHIN S'EST ENCORE ÉCHOUÉ SUR LA PLAGE ?
?
SHH
JE DEVRAIS LE REMETTRE DANS L'EAU.
ENSUITE, UNE FOIS RENTRÉE, JE DEMANDERAI À TATIE DE FAIRE GRILLER LA DAURADE !
ET APRÈS, JE FERAI MES DEVOIRS AVEC JONGWHA ! PUIS NOUS FERONS UNE PROMENADE AUTOUR DE L'ÉTANG…
ET PUIS NOUS LIRONS…

... UN LIVR...
OH...
SHAA
CE N'EST PAS UN DAUPHIN...
SA... SALUT...
JE NE T'AI JAMAIS VU AVANT, QUI ES-TU ?
FSHH

EH,
ÇA VA ?
HAA
HAA
OH NON,
QU'EST-CE QUI
T'ARRIVE ?!
FWIP
EST-CE QUE
ÇA VA ? TU ES
BLESSÉ ?
SPLASH

AARGH
!!
IL SAIGNE !
EH, RÉVEILLE-TOI !
QU'EST-CE QUE JE VAIS FAIRE ?
EH !

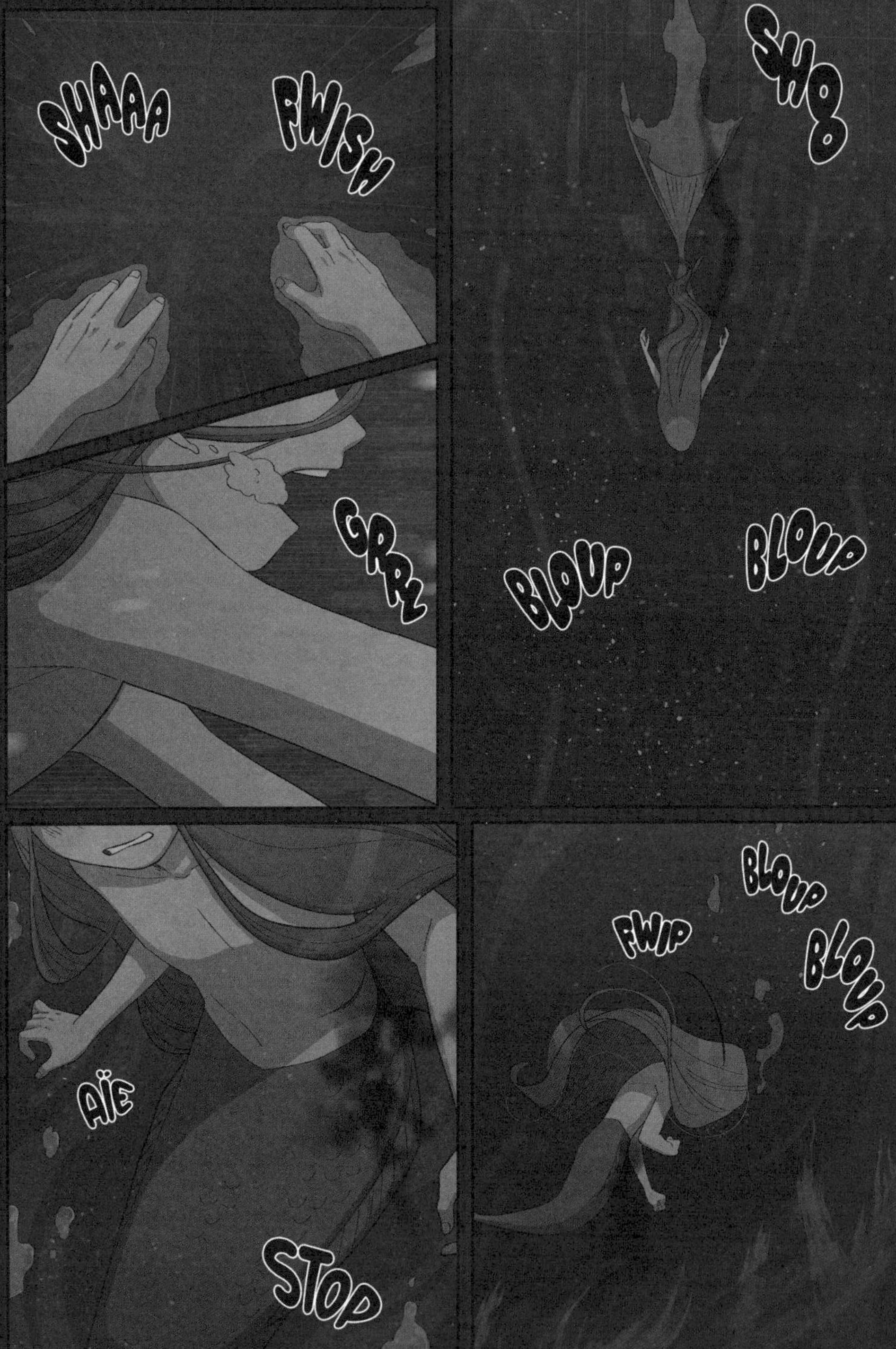
SHAAA
FWISH
GRRL
SHOO
BLOUP
BLOUP
AÏE
STOP
BLOUP
FWIP
BLOUP

[redacted]

EH...
EST-CE QUE ÇA VA ?
CLING
CLING
CUI
CUI
CUI
FSH
SHAAA
CUI
CUI
FSH
FSH
SHAAAA

...
ÇA VA ? TU ES BLESSÉ ?
EH, RÉVEILLE-TOI !
AH!
!
FWIP

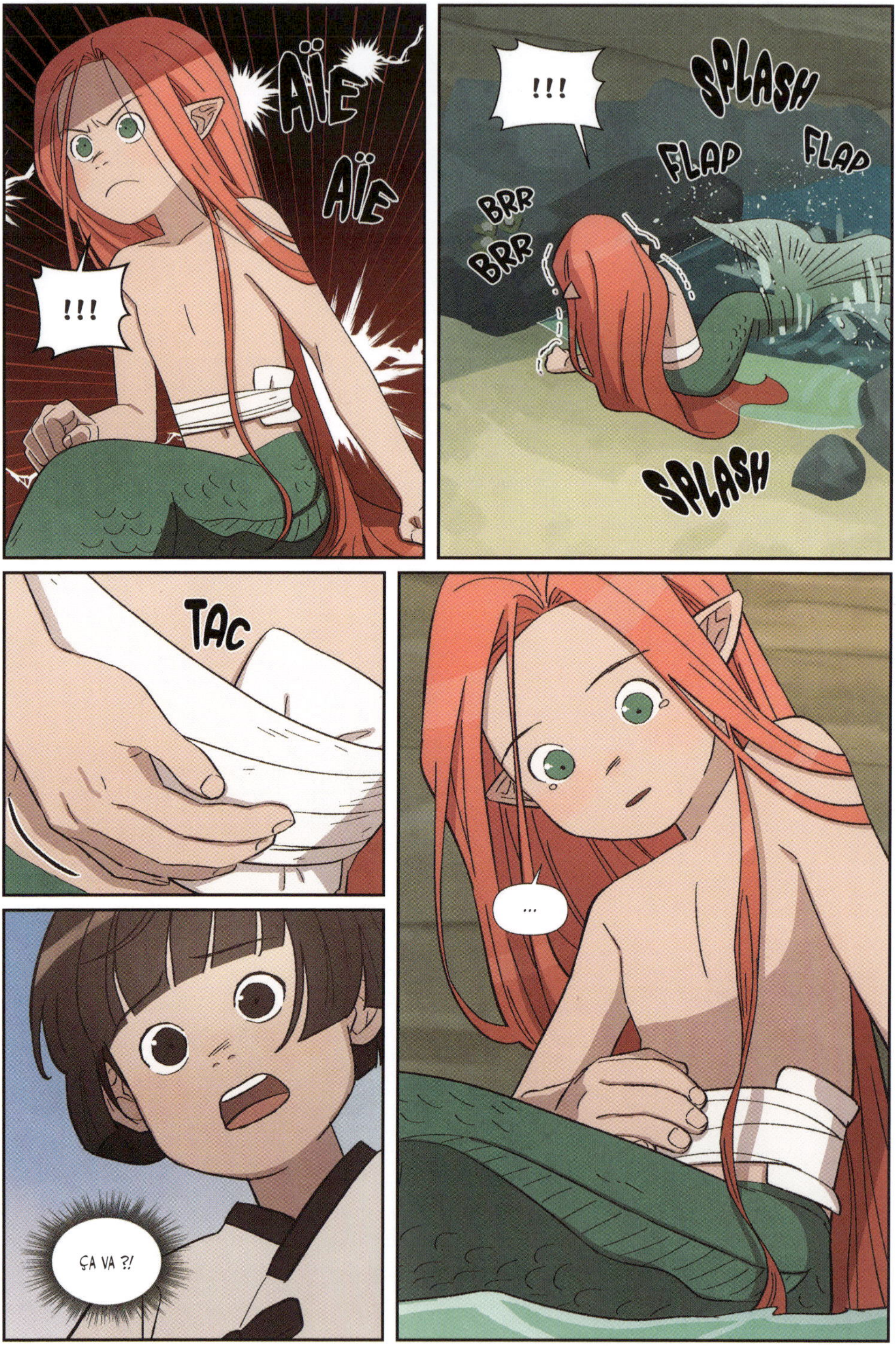
AÏE
AÏE
!!!
!!!
SPLASH
FLAP
FLAP
BRR
BRR
SPLASH
TAC
...
ÇA VA ?!

FWIP
...?
FWIP
!
...?

OUAH
FWAAA
CLING
CLING
CUI
CUI
MIAM
MIAM
SHAAA

JONGHWA !
VLADADAM
TATIE !
MOON !
TU ES ALLÉE FAIRE LES COURSES ?
Tu es courageuse !
OH LÀ LÀ ! D'OÙ VIENT TOUT ÇA ?
UNE PERSONNE... NON, UN POISSON EST BLESSÉ... !
COMMENT ON SOIGNE UNE PERSONNE-POISSON BLESSÉE ?
UNE PERSONNE-POISSON ?
...?
?
QU'EST-CE QUE TU DIS, MOON ?
OUI, JE L'AI TROUVÉ SUR LA PLAGE !
IL SAIGNAIT, ALORS JE LUI AI FAIT UN BANDAGE...
VOUS PENSEZ QUE ÇA IRA ?!
C'EST QUOI, UNE PERSONNE-POISSON... ?

IL A UNE ÉNORME QUEUE DE POISSON…
FAIT À PEU PRÈS MA TAILLE…
ET IL RESSEMBLE À UN HUMAIN !
Ah…
TU AS DÛ CONFONDRE AVEC UN DAUPHIN.
ILS ÉCHOUENT PARFOIS SUR LA PLAGE.
MIAOU
NON, CE N'ÉTAIT PAS UN DAUPHIN, MAIS UNE PERSONNE-POISSON !
TU AS DÛ MAL VOIR. DE LOIN, LES DAUPHINS PEUVENT RESSEMBLER À DES HUMAINS. MÊME LES PÊCHEURS SE TROMPENT, PARFOIS.
Bon, allez !
DÉBALLE DONC CE QUE TU AS RAMENÉ, MOON.
MAIS NON !
AH, OUI !
TADAM

ÇA, CE SONT LES DAURADES ROUGES QUE JONGHWA AIME TANT…
ET LES COMMERÇANTS M'ONT DONNÉ TOUT ÇA POUR MADAME LA SOUS-PRÉFÈTE !
AH, ALORS C'EST POUR MADAME !
Je me disais aussi qu'il y avait bien trop de choses.
Hmm… Une personne-poisson…
Tiens, tatie !
TU VEUX BIEN LUI APPORTER TOUT ÇA APRÈS L'ÉCOLE ?
D'ACCORD !
MAIS SÉRIEUSEMENT, COMMENT ON SOIGNE UNE PERSONNE-POISSON BLESSÉE ?
Mais non…
LES PERSONNES-POISSONS N'EXISTENT PAS ! C'ÉTAIT UN DAUPHIN.
HOP
AH !
MOON, À PROPOS DE ÇA…
IL EST L'HEURE DE MANGER, LES ENFANTS ! IL FAUT METTRE LA TABLE POUR LE PETIT-DÉJEUNER !
FWIP
TOUT DE SUITE !

MOON.
JE CROIS SAVOIR CE QUE C'EST !
HEIN ? DE QUOI TU PARLES ?
CETTE CHOSE MI-HUMAINE, MI-POISSON !
JE PENSE QUE C'EST...
ATTENTION, C'EST CHAUD !
SHH
JE TE DIRAI APRÈS !
Hmm, ce ragoût de kimchi a l'air délicieux...
PSST
PSST
FWIP

EN CLASSE
UN ÊTRE MI-HUMAIN, MI-POISSON…
ÇA DOIT ÊTRE…

TADAM
ÇA !
LA PETITE SIRÈNE
LA PETITE...
SIRÈNE ?
OUI ! DANS CE LIVRE, IL Y A UNE CRÉATURE MI-HUMAINE, MI-POISSON.
OH...
ON APPELLE ÇA UNE SIRÈNE, OU UN TRITON SI C'EST UN GARÇON.
TAC
OUI ! ELLE RESSEMBLE À CELUI QUE J'AI VU CE MATIN !
VRAIMENT ? ALORS C'EST PEUT-ÊTRE UN TRITON !
TU SAIS, ILS SONT UN PEU COMME DES HUMAINS.
Ils mangent et dorment, comme nous !
DANS CE CAS, ON POURRAIT LUI APPORTER UNE DES POMMADES QU'ON UTILISE POUR LES BOBOS, NON ?
ALORS...

DU BAUME DU TIGRE, PEUT-ÊTRE... ?
FSH
MAIS TU AS DIT QU'IL SAIGNAIT, NON ? LE BAUME DU TIGRE RISQUE DE LUI FAIRE TROP MAL...
OUI, C'EST VRAI.
JE VAIS LUI APPORTER UNE POMMADE NORMALE.
POURQUOI TU NE L'AMÈNES PAS ICI ?
ON A PLEIN DE MÉDICAMENTS À LA MAISON.
On en prendrait soin, comme glouton !
IL EST TROP LOURD POUR QUE JE LE PORTE.
SNIF
J'AI DÉJÀ EU DU MAL À LE TRAÎNER JUSQU'À LA GROTTE.
ON POURRAIT Y ALLER ENSEMBLE, LA PROCHAINE FOIS !
COMME SI MAMAN ALLAIT NOUS LAISSER FAIRE.
JE N'AI MÊME PAS LE DROIT DE SORTIR DE LA MAISON...
GNIP
QUEL DOMMAGE... J'AURAIS BIEN AIMÉ LE VOIR.

SE LÈVE
J'IRAI DEMANDER À MADAME SA PERMISSION !
LAISSE TOMBER...
Ça ne sert à rien...
NE VA SURTOUT PAS LUI EN PARLER. CONTENTE-TOI DE LUI APPORTER TOUT ÇA.
POURQUOI...?
JE NE VEUX PAS QU'ELLE S'INQUIÈTE.
MAMAN EST DÉJÀ TRÈS OCCUPÉE...
...

TADADAP
JONGHWA ET MADAME LA SOUS-PRÉFÈTE NE SONT VRAIMENT PAS TRÈS PROCHES...
CE SERAIT BIEN SI ELLES POUVAIENT SE VOIR PLUS SOUVENT ET PARLER DAVANTAGE.
TADADAP

BONJOUR !
AH, C'EST TOI, MOON ! ÇA FAISAIT LONGTEMPS.
OH LÀ LÀ, QU'EST-CE QUE TU AS GRANDI !
MOON, TU ES VENUE VOIR MADAME LA SOUS-PRÉFÈTE ?
OUI !
ELLE EST ACTUELLEMENT DANS SON BUREAU.
D'ACCORD, MERCI !
EXCUSEZ-MOI !
VEUILLEZ PRÊTER PLUS D'ATTENTION À CECI.
OUI, JE LE FERAI.

OH...
C'EST TOI, MOON ?
BONJOUR, MADAME !
JE PEUX ENTRER ?
BIEN SÛR.
JE VAIS VOUS LAISSER.
MERCI POUR VOTRE TRAVAIL.
AU REVOIR !
FWIP

QU'EST-CE QUE TU PORTES LÀ ?
AH, ÇA !
C'EST TRÈS GENTIL.
JE SUIS ALLÉE AU MARCHÉ AUJOURD'HUI, ET COMME J'AI DIT QUE VOUS TOUSSIEZ, LES MARCHANDS ONT DONNÉ ÇA POUR VOUS.
OH...
JE DEVRAIS LES REMERCIER COMME IL SE DOIT.
MERCI DE M'AVOIR APPORTÉ TOUT ÇA, MOON.
DE RIEN !
AH, PENDANT QUE TU ES LÀ, PRENDS CECI.

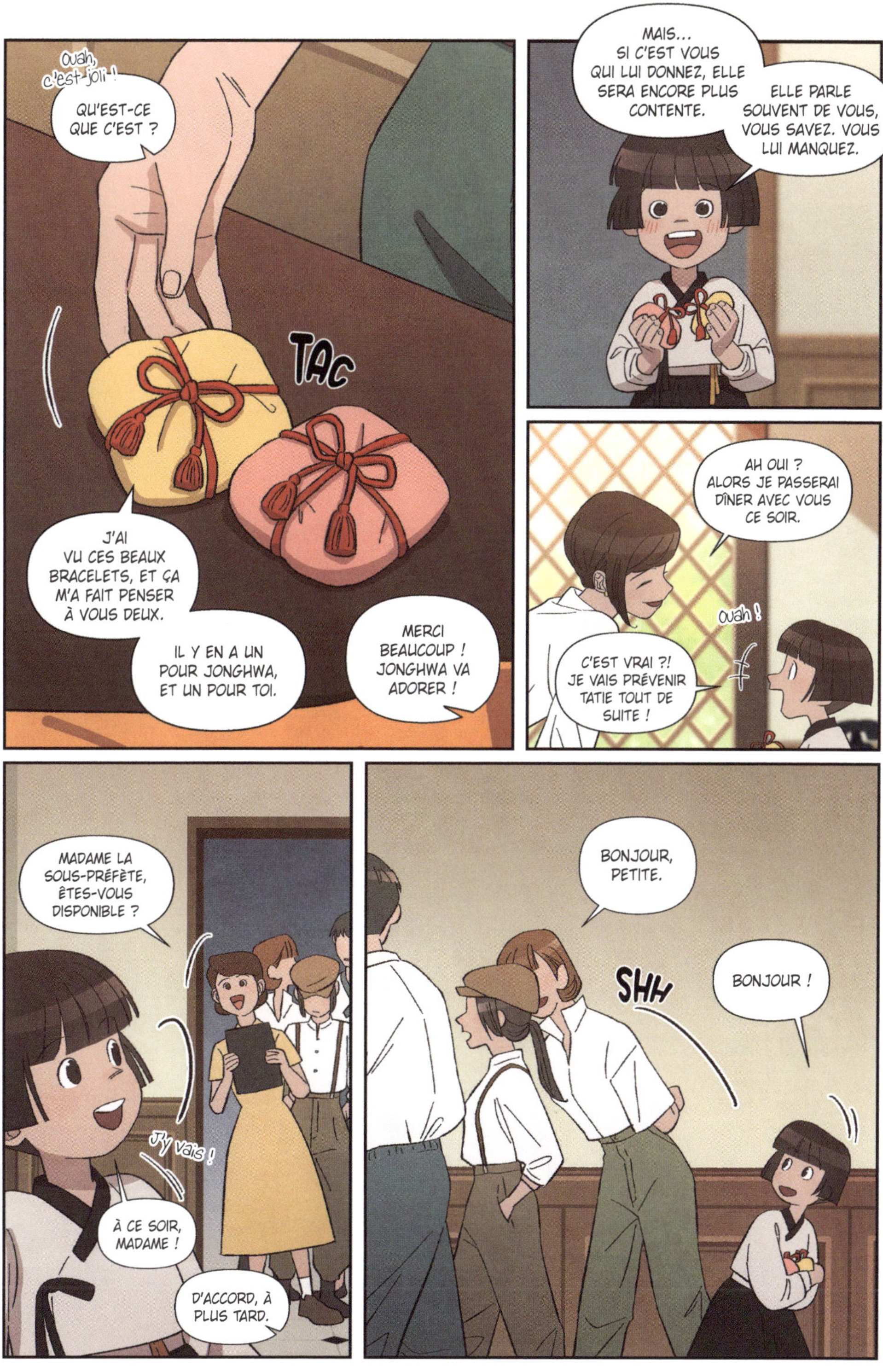
Ouah, c'est joli !
QU'EST-CE QUE C'EST ?
TAC
J'AI VU CES BEAUX BRACELETS, ET ÇA M'A FAIT PENSER À VOUS DEUX.
IL Y EN A UN POUR JONGHWA, ET UN POUR TOI.
MERCI BEAUCOUP ! JONGHWA VA ADORER !
MAIS... SI C'EST VOUS QUI LUI DONNEZ, ELLE SERA ENCORE PLUS CONTENTE.
ELLE PARLE SOUVENT DE VOUS, VOUS SAVEZ. VOUS LUI MANQUEZ.
AH OUI ? ALORS JE PASSERAI DÎNER AVEC VOUS CE SOIR.
Ouah !
C'EST VRAI ?! JE VAIS PRÉVENIR TATIE TOUT DE SUITE !
MADAME LA SOUS-PRÉFÈTE, ÊTES-VOUS DISPONIBLE ?
J'y vais !
À CE SOIR, MADAME !
D'ACCORD, À PLUS TARD.
BONJOUR, PETITE.
SHH
BONJOUR !

AH ! J'AI OUBLIÉ DE PARLER DU TRITON À MADAME !
SE FIGE
Peut-être qu'elle sait quelque chose !
BON, JE LUI EN PARLERAI CE SOIR, QUAND ELLE VIENDRA NOUS VOIR !
TADAP
VOUS L'AVEZ MANQUÉ ?
OUI. NOUS ÉTIONS SUR LE POINT DE L'ATTRAPER, MAIS IL A RÉUSSI À S'ENFUIR LORSQUE NOUS AVONS BAISSÉ NOTRE GARDE.
FRRT
...

C'EST BIEN LE SEUL QUE VOUS AVEZ REPÉRÉ JUSQU'À PRÉSENT, N'EST-CE PAS ?
OUI.
DANS CE CAS…
RETROUVEZ-LE ET RAMENEZ-LE-MOI.
NOUS DEVONS ABSOLUMENT CAPTURER CE TRITON.

WOUAH, QUELLE JOLIE COULEUR !
TATIE ! C'EST BIEN COMME ÇA QU'ON FAIT ?
Voyons...
VOUS DEVRIEZ Y ALLER PLUS FORT POUR PÉTRIR LA PÂTE.
COMME ÇA ! AVEC DE LA FORCE ! HOP, ET HOP !
PAF
PAF
OOH !
APRÈS 20 MINUTES DE REPOS
NOS PÂTES SONT PRÊTES ! ELLES SONT TROP MIMIS.
ON DIRAIT DES FESSES DE BÉBÉ.
Oh là là !
BIEN JOUÉ, LES FILLES !
MAINTENANT, PRENEZ UN ROULEAU À PÂTISSERIE ET ÉTALEZ FINEMENT LA PÂTE.
D'ACCORD !

UNE FOIS QU'ON A ÉTALÉ LA PÂTE CORRECTEMENT,
ON DOIT LA COUPER EN LONGS RECTANGLES.
ENSUITE, IL FAUT FAIRE TROIS ENTAILLES AU MILIEU...
ET HOP ! APRÈS QUELQUES TOURS...
TCHAC
TADA !
VOICI NOTRE PREMIER BISCUIT EN FORME DE RUBAN !
OH LÀ LÀ !
TADAM
WOUAH ! C'EST INCROYABLE !
JE VAIS M'OCCUPER DE LES FRIRE. PENDANT CE TEMPS, CONTINUEZ D'EN FAIRE D'AUTRES.
OUI TATIE !

ALORS UNE FOIS FRITS, C'EST TERMINÉ ?
TAC
NON ! APRÈS, IL FAUT LES TREMPER DANS DU MIEL.
AHH…
C'EST LORSQUE LES BISCUITS EN SONT BIEN IMBIBÉS…
QU'ILS SONT PRÊTS !
TADAM
WOUAH ! ÇA A L'AIR DÉLICIEUX !
MAMAN SERAIT CONTENTE DE POUVOIR EN MANGER AVEC NOUS PENDANT SA PAUSE.
OUI, CE SERAIT GÉNIAL.
J'ESPÈRE QUE MADAME AIME LES BISCUITS AU MIEL.
OUI, PAS D'INQUIÉTUDE.
TATIE M'A DIT QUE CE SONT LES DOUCEURS PRÉFÉRÉES DE MAMAN !
J'AI HÂTE QU'ON SOIT TOUTES ENSEMBLE !

J'ai porté le triton comme ça !
C'est vrai ? Tu es vraiment trop forte, Moon !
FWIP
Yah !
...
MADAME EST EN RETARD.
Quand est-ce qu'elle arrive ?
!
QUELQU'UN EST LÀ.
OH ! POURQUOI ÊTES-VOUS DEHORS, VOUS DEUX ?
MADAME LA SOUS-PRÉFÈTE EST TRÈS OCCUPÉE, ELLE NE POURRA PAS DÎNER AVEC VOUS CE SOIR.
ELLE M'A DEMANDÉ DE VOUS DONNER CECI POUR SE FAIRE PARDONNER.
AH... MERCI.
COOKIE

BONNE SOIRÉE, LES FILLES !
AU REVOIR...
...
Et on doit toujours respecter ses promesses !
MADAME A MENTI ! ELLE A POURTANT DIT QU'ELLE VIENDRAIT...
SNIF
BRR
BRR
ON DEVRAIT ALLER LA VOIR DEMAIN !
Non... ce n'est pas la peine...
FSHHH
ELLE EST OCCUPÉE, JE NE VEUX PAS LA DÉRANGER...
MAIS QUAND MÊME !
SNIF
MOON, TU IRAS À LA PLAGE POUR VOIR LE TRITON DEMAIN, PAS VRAI ?
TU DEVRAIS LUI DONNER LES BISCUITS AU MIEL QU'ON A FAITS !
FWIP
D'ACCORD...!
J'EN AI PRIS EN CACHETTE À TATIE, TOUT À L'HEURE.
Tu as bien fait !
J'ESPÈRE QUE LE TRITON LES AIMERA !
COOKIE

QUAND TU IRAS MIEUX, ON IRA À LA PLAGE ENSEMBLE !
ON IRA NAGER, PÊCHER, ET VOIR LE TRITON.
Même si je ne sais pas s'il sera toujours là...
D'ACCORD !
Dans ce cas, on nagera simplement dans la mer !
HÉ HÉ !
JE TE CROIS, CAR TOI, TU NE MENS JAMAIS.
LA PROCHAINE FOIS, ON IRA ENSEMBLE, C'EST PROMIS !
GNIP
PROMIS !
C'EST TOUT POUR AUJOURD'HUI.
BON TRAVAIL, LES FILLES.
MERCI, MAÎTRESSE !
SI VOUS AVEZ DES QUESTIONS, SURTOUT N'HÉSITEZ PAS.
MERCI POUR VOTRE TRAVAIL, MADAME. PRENEZ UN THÉ AVANT DE PARTIR.

AH OUI !
MAÎTRESSE ! VOUS PENSEZ QUE LES TRITONS MANGENT DES BISCUITS AU MIEL ?
QUOI ? LES TRITONS ?
DEPUIS HIER, MOON DIT DES CHOSES VRAIMENT ÉTRANGES…
JE LUI AI DIT QU'ELLE AVAIT DÛ CONFONDRE AVEC UN DAUPHIN, MAIS ELLE REFUSE DE M'ÉCOUTER.
ARGH
MAIS J'AI VRAIMENT VU UN TRITON, HIER, SUR LA PLAGE !
JE LE JURE !
…
LES TRITONS SONT DES CRÉATURES IMAGINAIRES QUE L'ON TROUVE DANS LES CONTES ET LÉGENDES.
PEUT-ÊTRE QUE TU AS JUSTE VU UN DAUPHIN, COMME DIT TA TANTE.

HA HA
AH LÀ LÀ, LES ENFANTS ONT VRAIMENT BEAUCOUP D'IMAGINATION, DE NOS JOURS.
MAIS J'AI VRAIMENT PORTÉ UN TRITON JUSQU'À...!
HO HO
C'EST VRAI, OUI. MOON FERAIT UNE TRÈS BONNE ÉCRIVAINE.
FWIP
FWIP
MAIS TU SAIS, MOON, CE N'EST PAS BIEN DE DIRE DES MENSONGES.
MADAME N'AIMERAIT PAS ÇA...
CE N'EST PAS...
ARRÊT DE BUS
UN MENSONGE !
JE N'AI JAMAIS MENTI !
JE N'AI PAS ARRÊTÉ DE DIRE QUE C'ÉTAIT LA VÉRITÉ !
VROUUUM
POURQUOI TATIE ET LA MAÎTRESSE NE ME CROIENT PAS ?
JONGHWA, ELLE, M'A CRU TOUT DE SUITE !

Salut, Moon !
CRII
Bonjour !
CE TRITON N'EST PAS IMAGINAIRE, IL EXISTE !
POUF
JE L'AI VRAIMENT EMMENÉ JUSQU'À LA GROTTE, ET CE N'ÉTAIT PAS UN DAUPHIN !
SI MADAME DIT QUE C'EST VRAI, PEUT-ÊTRE QUE TATIE ET LA MAÎTRESSE LA CROIRONT.
HMPF
ELLES NE ME CROIENT PAS JUSTE PARCE QUE JE SUIS UNE ENFANT.
MADAME, ELLE, M'ÉCOUTERAIT SÉRIEUSEMENT, AU MOINS.
VROUM
ELLE NE ME TRAITERAIT PAS DE MENTEUSE.
LA PROCHAINE FOIS QUE JE LA VERRAI, JE LUI PARLERAI DU TRITON !

ARRÊT DE BUS
MOON ! TU AS OUBLIÉ ÇA !
OH !
JE TE LE LANCE, ATTRAPE !
FWISH
MERCI !
LES BISCUITS POUR LE TRITON…
J'AI FAILLI LES OUBLIER DANS LE BUS !
J'ESPÈRE QU'IL LES AIMERA.
OH…

IL N'EST PLUS LÀ !
TOU
DOUM
FSH
IL A MANGÉ TOUS LES GÂTEAUX DE RIZ ! IL A DÛ RETROUVER DES FORCES ET S'EN ALLER !
EST-CE QU'IL EST PARTI ?
EST-CE QU'IL VA BIEN ?
FWIP
FWIP
ALORS IL EST PARTI POUR DE BON ?!
STOP
IL...

N'EST VRAIMENT PLUS LÀ...
C'EST FINI, IL EST PARTI...
SHOO
DOMMAGE, J'AURAIS AIMÉ LE REVOIR...
HMPF
SNIF
SPLASH
HMM ?
!
LE TRITON !
PLOC

FWIP
COMMENT VAS-T...
Oh...
TU...?
FLIP
WOOOUSH
PLOUF
AAAH !
GRRL
COMMENT HWAN M'A CONSEILLÉ DE FAIRE, DÉJÀ ?
AH OUI, REMUER LES PIEDS !
GRRRL
JE SUIS TOMBÉE DANS L'EAU ! JE DOIS VITE EN SORTIR...!

GRRL
C'EST BIEN ÇA ?!
FWIP
SHH
TU...
FWISH
TU NE PEUX PAS RESPIRER SOUS L'EAU ?

HMM ?
BLOUP
!
BLOUP
TRITON... !
FSHH
!!
HMPF !
BLOUP
BLOUP
A... ATTENDS UN PEU !

PWAAH !
FSHAA
J'AI CRU QUE J'ALLAIS MOURIR !
KOF
KOF
KOF
HAA

HMM ?
CLING
CLING
HÉ HÉ !
MERCI DE M'AVOIR SAUVÉE !
OH !
TOUT À L'HEURE, J'ENTENDAIS TA VOIX, MAIS LÀ...

AH !
EST-CE QUE...?!
?!
!!
SPLASH
?
FSH
BLOUP
BLOUP
HMMPF !
HMPF
HUMPF !

PFFT
MERCI...
DE M'AVOIR AIDÉ, HIER !
FWIP

BON...
C'EST PRESQUE TERMINÉ !
JE VAIS SERRER, ÇA RISQUE DE TE FAIRE MAL.
UN, DEUX...
ET TROIS !
GNIP
FWIP
ÇA VA ? TU N'AS PAS EU TROP MAL ?

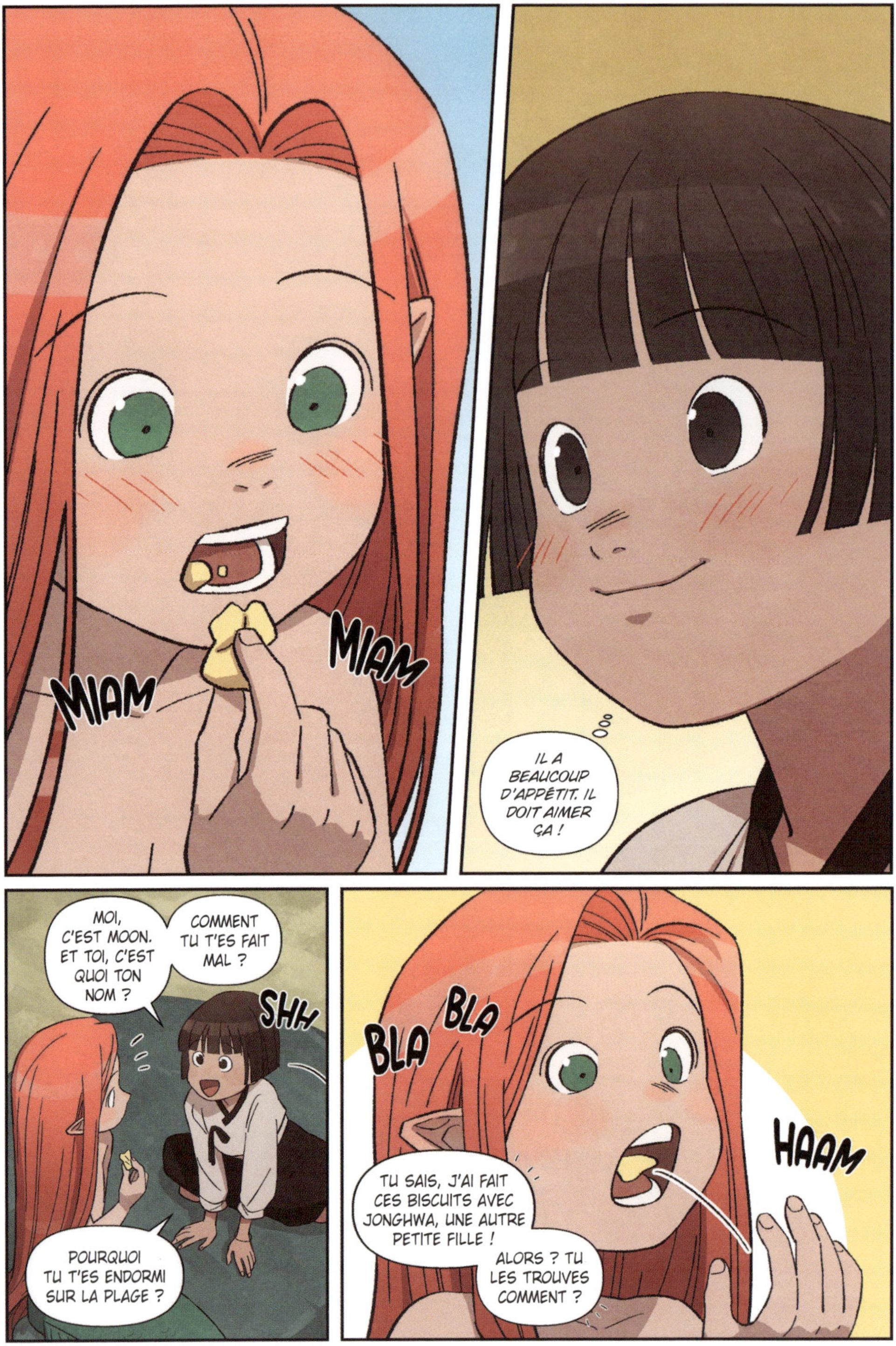
MIAM
MIAM
IL A BEAUCOUP D'APPÉTIT. IL DOIT AIMER ÇA !
MOI, C'EST MOON. ET TOI, C'EST QUOI TON NOM ?
COMMENT TU T'ES FAIT MAL ?
SHH
POURQUOI TU T'ES ENDORMI SUR LA PLAGE ?
BLA
BLA
HAAM
TU SAIS, J'AI FAIT CES BISCUITS AVEC JONGHWA, UNE AUTRE PETITE FILLE !
ALORS ? TU LES TROUVES COMMENT ?

OH !
SPLASH
AH OUI, JE DOIS ALLER SOUS L'EAU POUR L'ENTENDRE…
HAAAP
PLOUF
BLOUP
BLOUP
QUELQU'UN ESSAYAIT DE ME CAPTURER, JE ME SUIS BLESSÉ EN FUYANT.
SHH
PUIS J'AI PERDU CONNAISSANCE, ET LORSQUE J'AI ROUVERT LES YEUX, J'AVAIS ATTERRI SUR LA PLAGE.
CE QUE JE VIENS DE MANGER ÉTAIT DÉLICIEUX ! C'EST LA PREMIÈRE FOIS QUE JE MANGE ÇA !
CE QUE TU M'AS DONNÉ HIER ÉTAIT TRÈS BON AUSSI, MAIS J'AI PRÉFÉRÉ CES BISCUITS !

OH, ET MON NOM EST IRO. RAVI DE TE RENCONTRER, MOON !
GRRRL
HÉ HÉ
BRR
BRR
BRRR
PWAAH, JE N'AI PLUS DE SOUFFLE !
ALORS MOON NE SAIT NI NAGER NI RESPIRER SOUS L'EAU...
Ça ne doit pas être facile...
IRO ! C'EST UN JOLI NOM !
IL Y A QUELQUE CHOSE QUE TU VEUX SAVOIR SUR MOI ?
!

POURQUOI VOUS, LES HUMAINS, VOUS VENEZ TOUJOURS DANS LES PROFONDEURS DES MERS ALORS QUE VOUS NE POUVEZ MÊME PAS RESPIRER SOUS L'EAU ?
PLOUF
COMMENT CES GROS ENGINS DE FER SUR LESQUELS VOUS VOYAGEZ PEUVENT FLOTTER SUR L'EAU ?
COMMENT VOUS FAITES POUR BOUGER AUSSI VITE ?
GRRL
BRR
BRR
ET POURQUOI VOUS ATTRAPEZ AUTANT DE POISSONS À LA FOIS ?
???
C'est trop compliqué, comme questions... Je vais demander à ma maîtresse, et je te dirai...
FWIP

FSH
FSH
ON L'AVAIT PRESQUE ATTRAPÉ, À CE MOMENT-LÀ !
PAAF
ON L'A TIRÉ JUSQU'AU BATEAU...
MAIS EN UN INSTANT, IL A PLONGÉ.
TAC
MINCE, QUEL DOMMAGE...
VOUS NE RETOURNEZ PAS À SA RECHERCHE ?
EH BIEN... JE NE SAIS MÊME PAS S'IL EST ENCORE EN VIE.
COMMENT ÇA ?

QUAND IL A PRIS LA FUITE...
L'EAU EST DEVENUE ROUGE SANG.
IL ÉTAIT TROP DIFFICILE DE LE POURSUIVRE, ET AVEC LE MAUVAIS TEMPS CE JOUR-LÀ, ON A DÛ RETOURNER SUR L'ÎLE.
HMM...
HMM
VOUS SOUVENEZ-VOUS DANS QUELLE DIRECTION IL EST ALLÉ ?
VERS L'ÎLE, NON ?
OUI, PUISQUE LE LARGE ÉTAIT DERRIÈRE NOUS.
MERCI POUR CES PRÉCIEUSES INFORMATIONS.
FWIP
MAIS DE RIEN.

JE SUIS DÉSOLÉ DE NE PAS POUVOIR AIDER MADAME LA SOUS-PRÉFÈTE DAVANTAGE…
SI VOUS AVEZ D'AUTRES QUESTIONS, N'HÉSITEZ PAS À REVENIR !
BIEN, JE LE FERAI. MERCI POUR VOTRE COOPÉRATION.
SHH
HMM…
NAMSOON !
ALORS, QU'EST-CE QU'ILS ONT DIT ? IL EST MORT ?
NON.
ILS L'ONT LAISSÉ S'ENFUIR ALORS QU'IL ÉTAIT BLESSÉ.

VOUS PENSEZ QU'ON POURRA ENCORE LE RETROUVER APRÈS QU'IL SE SOIT ÉCHAPPÉ EN MER ?
IL S'EST ENFUI EN DIRECTION DE L'ÎLE, PEUT-ÊTRE QU'IL S'EST ÉCHOUÉ QUELQUE PART SUR LA PLAGE, POUSSÉ PAR LES COURANTS.
AVEC UN PEU DE CHANCE, ON LE RETROUVERA DANS LES ENVIRONS. ET AU PIRE…
HMPF
NOUS FINIRONS BIEN PAR RETROUVER SA DÉPOUILLE.
ALLONS VOIR À LA PLAGE, POUR COMMENCER.
ÇA MARCHE !
SHH
DIS, QUAND EST-CE QU'ON VA DÎNER ?
JE VAIS FINIR PAR MOURIR DE FAIM, MOI !
?!
FWIP
BON, D'ACCORD… ALLONS D'ABORD MANGER…
YOUHOU !

OH !
LE SOLEIL EST DÉJÀ EN TRAIN DE SE COUCHER.
JONGHWA DOIT S'INQUIÉTER…
JE REVIENDRAI DEMAIN POUR T'APPORTER À MANGER !
HOP
À DEMAIN, IRO !

ATCHOUM !
PLOC
SNIF
TAP
TAP
J'AI FROID... C'EST PEUT-ÊTRE PARCE QUE JE SUIS TOUTE TREMPÉE.
Oh là là...
Moon, tu es toute mouillée ! ça va ?!
Oui, tout va bien !
AU FAIT, QUI SONT CES GENS QUI VEULENT ATTRAPER IRO ?
POURQUOI ILS VEULENT FAIRE ÇA ?
SNIF
J'ESPÈRE QU'ILS NE SONT PAS EN TRAIN DE LE CHERCHER...
ILS L'ONT BLESSÉ, ALORS CE NE SONT PAS DES GENS BIENS...
BROUHAHA
BROUHAHA
DITES !
QUE VA-T-ON FAIRE SI LE TRITON N'EST PAS SUR LA PLAGE ?
SHH
Il arrive quand, le bus ?
HMM...

?!
QUOI ? ILS ONT PARLÉ DE TRITON ?!
C'EST QUI, CES GENS...?
CRIIII
MOON !
QU'EST-CE QUI S'EST PASSÉ ? POURQUOI TU ES TREMPÉE ?!
CLAC
OH, HWAN !

J'AI GLISSÉ, ET JE SUIS TOMBÉE DANS L'EAU !
COMMENT TU AS FAIT TON COMPTE ?!
FWIP
FWIP
TU ES SÛRE QUE ÇA VA ?
OUI, JE VAIS BIEN !
TU NE SAIS PAS NAGER, MOON. TU DOIS ÊTRE PRUDENTE QUAND TU VAS À LA PLAGE !
TU DEVRAIS RENTRER AVANT D'ATTRAPER FROID.
FSH
MINCE... ILS SONT PARTIS.
JE VAIS TE RACCOMPAGNER.
MONTE, MOON !
OUI, J'ARRIVE !
COMMENT TU AS PU TOMBER DANS L'EAU ?
EUH, EN FAIT...
HIER, J'AI AIDÉ UN TRITON !
UN TRITON ?!

DONC…
C'EST LUI QUI T'A SAUVÉE QUAND TU ES TOMBÉE DANS L'EAU ?
QUELLE CHANCE, HEUREUSEMENT QU'IL ÉTAIT LÀ.
Mais quand même !
LA PROCHAINE FOIS QUE TU IRAS PRÈS DE L'EAU, FAIS ATTENTION !
FWIP
OUI, PROMIS !
MAIS…
TU ME CROIS QUAND JE DIS QUE J'AI RENCONTRÉ UN TRITON ?
HMM ?
TATIE ET LA MAÎTRESSE, ELLES, NE ME CROIENT PAS.
AH, JE VOIS.
MOI, JE CROIS TOUT CE QUE TU DIS.
TU NE MENS JAMAIS. ET DE TOUTE FAÇON, TU NE SAIS MÊME PAS MENTIR.
HÉ HÉ !

TU ES LE MEILLEUR, HWAN !
HII
GNIIIP
ARGH !
MOON ! SERRE-MOI MOINS FORT !
OH, DÉSOLÉE !
PFIOU… AU FAIT, TU N'AS PAS FROID ?
NON, MÊME PAS UN PEU !
OH !
C'EST PAS JONGHWA, LÀ-BAS ?
SI, C'EST ELLE !
POURQUOI ELLE EST SORTIE ?
JONGHWA !
MOON !

POURQUOI TU RENTRES AUSSI TARD...?!
ET TOI, POURQUOI TU ES DEHORS ?
CRII
SALUT, JONGHWA ! TU VAS BIEN ?
FWIIISH
!
HWAN...!
ÇA...
ÇA FAISAIT LONGTEMPS...
MOON EST RENTRÉE PLUS TARD QUE PRÉVU, ALORS...
PSST
PSST
JE M'INQUIÉTAIS TELLEMENT QUE JE SUIS SORTIE...
TU PRENDS SI BIEN SOIN D'ELLE.
HA HA
TU ES UNE TRÈS GENTILLE FILLE, JONGHWA.
CONTINUE DE BIEN VEILLER SUR MOON, D'ACCORD ?
ET NE VOUS DISPUTEZ PAS.

NOUS NE NOUS DISPUTONS JAMAIS, JONGHWA ET MOI ! ON EST SUPER AMIES !
HIER, ON A MÊME FAIT DES BISCUITS AU MIEL ENSEMBLE !
AH !
HWAN, TU VEUX BIEN VENIR À LA MAISON CE WEEK-END ?
CRIIII
ON A FAIT DES BISCUITS AU MIEL AVEC MOON, ET...
JONGHWA ?
CLAC
QUE FAIS-TU DEHORS ALORS QUE TU N'ES PAS EN ÉTAT ?
MA... MAMAN...

TAP
NE ME DIS PAS QUE TU AS L'HABITUDE DE SORTIR SANS QUE JE NE LE SACHE ?!
TAP
EN PLUS, TU ES TOUTE SEULE, SANS ADULTE !
TAP
MAIS NON... JE NE SUIS SORTIE QU'UN INSTANT POUR...
PEU IMPORTE. RENTRE IMMÉDIATEMENT !
ET QUE ÇA NE SE REPRODUISE PLUS !
ARGH
MAIS... JE...
GRR
RAAAH
ARRÊTE !
NE ME PARLE PAS COMME ÇA !

JONGHWA...!
MOI AUSSI, J'AIMERAIS SORTIR QUAND JE VEUX...
COMME MOON ET TOI !
JE NE SUIS PAS UN CHIEN DE GARDE QUI DOIT TOUT LE TEMPS RESTER À LA MAISON !
JONGHWA !
!!
KOF
KOF
KOF
KOF
JONGHWA ! ÇA VA ?
MADAME ! NOUS FERIONS MIEUX DE RENTRER !
POUF

KOF
...!
D'ACCORD !
FWIP
HWAN, IL Y A UN RACCOURCI PAR LÀ-BAS !
TAP

ALLEZ...
BOIS TOUT.
C'EST TROP AMER...
C'EST BIEN.
GLOU GLOU
HMPF...
C'EST SURTOUT TRÈS BON POUR LA SANTÉ.
JONGHWA, TU VAS MIEUX ?
Tu n'as pas bonne mine...
OUI, ÇA VA...
JONGHWA.

DORÉNAVANT, NE SORS PLUS SEULE.
COMMENT FERAS-TU SI TU NE TE SENS SOUDAINEMENT PAS BIEN ?
SI TU VEUX QUELQUE CHOSE OU QUE TU AS FAIM...
DIS-LE-MOI, ET JE M'EN OCCUPERAI.
...
TU AS COMPRIS ?
...
TU NE SAIS MÊME PAS CE QUE JE VEUX VRAIMENT...!
FWOUSH
TAC
?!

JONGHWA, COMMENT OSES-TU ME PARLER SUR CE TON...?!
QUI T'A DIT QUE JE VOULAIS ÇA ?!
JE NE VEUX RIEN DE TOUT CE QUE TU M'ENVOIES !
TU PEUX TOUT REPRENDRE !
KOF
KOF
JEUNE FILLE ! ÇA SUFFIT, MAINTENANT.
JONGHWA, ARRÊTE DE CRIER !
Sinon, tu vas continuer à tousser !
KOF
...
FIOU
JE VAIS Y ALLER.

SHH
VOUS PARTEZ DÉJÀ ?
OUI. IL VAUT MIEUX QUE JE PARTE AVANT QUE L'ÉTAT DE JONGHWA NE S'AGGRAVE À CAUSE DE MOI.
TU NE PARS PAS À CAUSE DE MOI, MAIS PARCE QUE TU DOIS TRAVAILLER.
HMPF
...
FWIP
À BIENTÔT, MADAME.
TENEZ-MOI AU COURANT DE L'ÉTAT DE JONGHWA, S'IL VOUS PLAÎT.
OUI, BIEN SÛR. RENTREZ BIEN, MADAME LA SOUS-PRÉFÈTE.

PRENDS BIEN SOIN DE JONGHWA, MOON.
Sois prudent en rentrant, toi aussi, Hwan. Merci pour ton aide.
OUI, AU REVOIR !
TAC
...
SI TU AS BESOIN DE QUOI QUE CE SOIT, DIS-LE-MOI, JONGHWA.
DRR
TAC
...
FIOU

GNIP
VOUS SAVEZ...
C'EST SA MANIÈRE DE T'AIMER.
TA MAMAN S'INQUIÈTE BEAUCOUP POUR TOI, JONGHWA.
MÊME SI MAMAN M'APPORTE TOUJOURS DES JOLIES CHOSES...
JE SUIS TOUJOURS AUSSI TRISTE.
POURQUOI EST-CE QUE MAMAN NE ME COMPREND PAS ?
CE QUE JE VEUX DIRE...
FWIP
C'EST QUE J'AIMERAIS QU'ELLE FASSE ATTENTION À CE QUE JE RESSENS, PAS QU'À MA SANTÉ !

QUAND TU SERAS PLUS GRANDE...
TU COMPRENDRAS TA MAMAN.
SI C'EST ÇA ÊTRE ADULTE, ALORS JE NE VEUX JAMAIS GRANDIR !
DRR
MAIS OUI, BIEN SÛR...
TAC
GRR
FSH
BON, IL EST TEMPS POUR MOI DE RENTRER.
TU PARS AUSSI ?
OH !
REPOSE-TOI BIEN, JONGHWA. À LA PROCHAINE !
Oui, il se fait tard.
OUI...
FAIS ATTENTION SUR LA ROUTE !
D'ACCORD !

TAC
RENTRE BIEN !
J'AI ÉTÉ TROP TIMIDE AVEC HWAN. ET PUIS...
POUF
JE ME SUIS MÊME DISPUTÉE AVEC MAMAN DEVANT LUI. LA HONTE !
J'AI ÉTÉ NULLE !
?
FWIP
HMM ?
VRAIMENT ? CE N'EST RIEN, ÇA...
MOI, J'AI VOMI SUR SA COUVERTURE, UNE FOIS.
VRAIMENT ?!
OUI. ET PENDANT QU'IL NETTOYAIT, J'AI ENCORE VOMI ET IL A MIS SES MAINS...
BEUUURK !

...
HI HI
HA HA
ÇA, C'ÉTAIT VRAIMENT LA HONTE. TU TROUVES PAS ?
C'EST VRAI, OUI !
PFIOU...
J'AI DÉTESTÉ ME DISPUTER AVEC MA MÈRE AUJOURD'HUI...
MAIS C'ÉTAIT SYMPA DE REVOIR HWAN. ÇA FAISAIT LONGTEMPS.
HÉ HÉ
J'ESPÈRE QU'ON SE REVERRA BIENTÔT !
MINCE ! J'AI OUBLIÉ DE LUI DONNER DES BISCUITS AU MIEL !
JE LUI DIRAI DE VENIR LES CHERCHER ICI, LA PROCHAINE FOIS !
TU ES LA MEILLEURE, MOON !

CUI
CUI
ET DONC...
HIER, JONGHWA ET MADAME LA SOUS-PRÉFÈTE SE SONT DISPUTÉES.
C'EST LA PREMIÈRE FOIS QUE J'AI VU JONGHWA SE METTRE EN COLÈRE COMME ÇA.
J'ESPÈRE QU'ELLES ARRÊTERONT DE SE DISPUTER ET FERONT LA PAIX...
AH, MADAME LA SOUS-PRÉFÈTE, C'EST LA MÈRE DE JONGHWA. C'EST QUELQU'UN DE BIEN !
JE VEUX ÊTRE COMME ELLE QUAND JE SERAI GRANDE !
Quelqu'un qui aide tout le monde !
D'AILLEURS...
SI TU AS BESOIN D'AIDE, N'HÉSITE PAS À ME LE DIRE, IRO !
MIAM
MIAM

JE VIENDRAI T'AIDER !
HOP
FWIP
OH, IL FAIT DÉJÀ CLAIR.
JE DOIS FAIRE DES COURSES AUJOURD'HUI, DONC JE DOIS PARTIR PLUS TÔT !
HEIN ?
JE N'ENTENDS PAS…
FWIP
ATTENDS, JE VAIS SOUS L'EAU !
PLOUF
…

JE NE DISAIS RIEN DE SPÉCIAL, DÉSOLÉ DE T'AVOIR FAIT METTRE LA TÊTE SOUS L'EAU POUR ÇA.
BLOUP
BLOUP
À DEMAIN !
MERCI POUR LA NOURRITURE, C'ÉTAIT TRÈS BON !
BLOUP
BLOUP
ET MERCI AUSSI DE M'AVOIR SOIGNÉ.
PASSE UNE BONNE JOURNÉE, MOON !
BLOUP
BLOUP
HMM !

BONJOUR, MADAME !
BONJOUR, MOON !
JE VOUDRAIS DES POUSSES DE SOJA ET DU TOFU, S'IL VOUS PLAÎT !
D'ACCORD. UN INSTANT, MA PETITE.
OUI !
AVEZ-VOUS VU UNE CRÉATURE MI-POISSON MI-HUMAINE DANS LES ENVIRONS ?
Comment ?
NON, JE NE VOIS PAS QUOI VOUS PARLEZ.
FWIP
SI JAMAIS VOUS VOYEZ QUOI QUE CE SOIT, CONTACTEZ PARK HYORAN, QUI SÉJOURNE À L'AUBERGE DE SANGA.
SACHEZ QUE VOUS SEREZ GRASSEMENT RÉCOMPENSÉ.
OUI, C'EST COMPRIS.

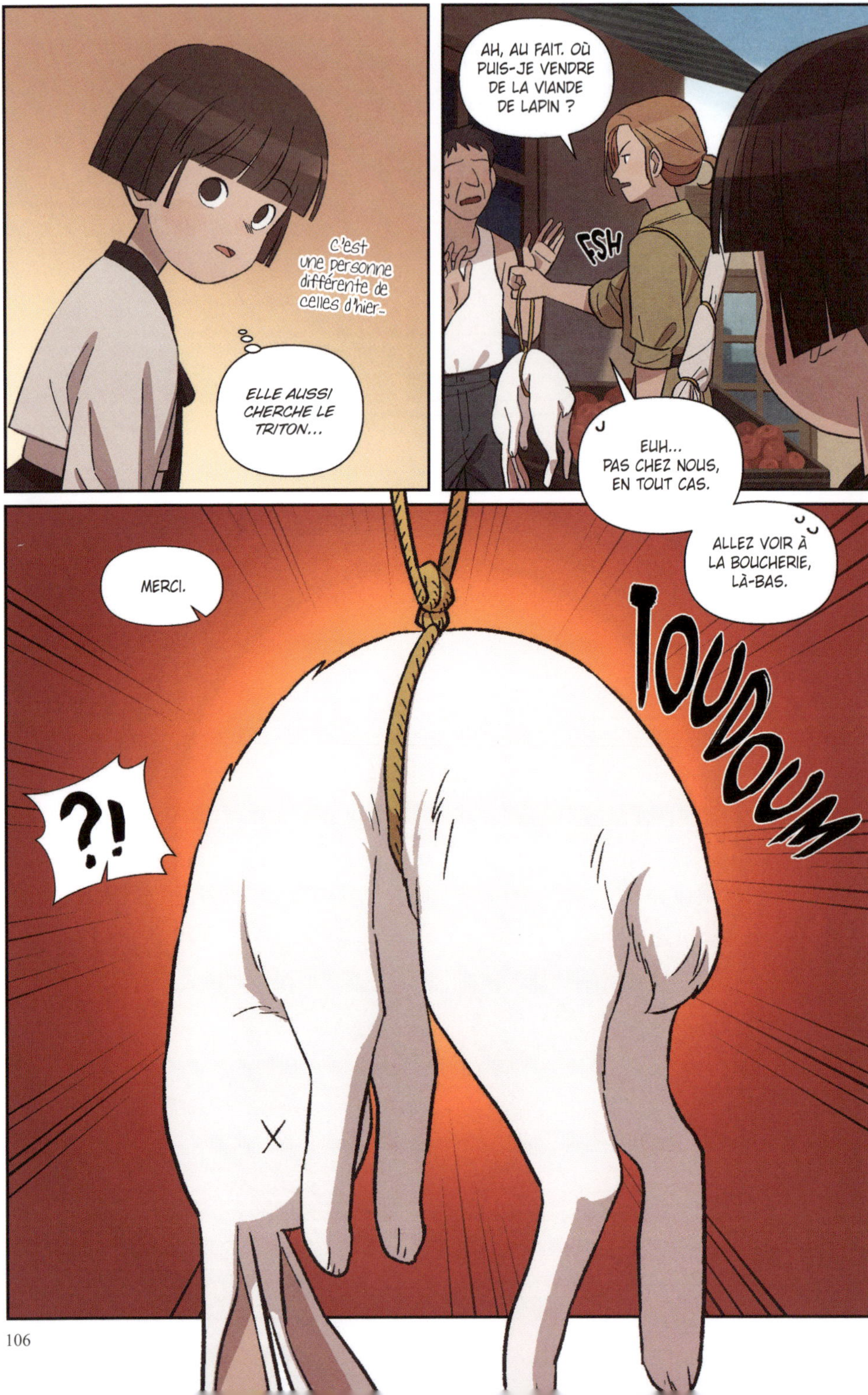
C'est une personne différente de celles d'hier...
ELLE AUSSI CHERCHE LE TRITON...
AH, AU FAIT. OÙ PUIS-JE VENDRE DE LA VIANDE DE LAPIN ?
FSH
EUH... PAS CHEZ NOUS, EN TOUT CAS.
ALLEZ VOIR À LA BOUCHERIE, LÀ-BAS.
MERCI.
TOUDOUM
?!

À l'aiiiide...
MOUAHAHAH
C'EST...
UNE CHASSEUSE ?!
ARGH
NIARK
MOUAHAHAH
NIARK
HA HA
ALORS, ELLE VEUT CHASSER IRO... ?!

OH !
FWII
AAH !
EXCUSE-MOI, PETITE.
NON, CE N'EST R...
EST-CE QUE ÇA VA ?
...!
C'EST LA PERSONNE QUE J'AI VUE HIER...!

?
TU ES SÛRE QUE ÇA VA ?
?
EUH, OUI...

ALORS TANT MIEUX.
AH, J'AI UNE QUESTION POUR TOI.
AS-TU DÉJÀ VU QUELQU'UN AVEC UNE QUEUE DE POISSON LORSQUE TU JOUAIS À LA PLAGE ?
SHH
TU SAIS, UNE SIRÈNE. OU UN TRITON, PLUTÔT.
!

N...
NON, JE N'EN AI JAMAIS VU...!
...
JE VOIS.
ELLE ME DIT QUELQUE CHOSE, CETTE GAMINE...
QU'EST-CE QUE TU FAIS ? ÇA T'AMUSE DE FAIRE PEUR AUX ENFANTS ?
FWISH
!!
AAH !
TON REGARD EST TROP EFFRAYANT. TU DEVRAIS LUI PARLER EN DOUCEUR, AVEC LE SOURIRE !
MAIS NON ! J'ÉTAIS JUSTE EN TRAIN DE L'INTERROGER !
ET C'EST CE QUE J'AI FAIT !

MOON !
TIENS, C'EST POUR TOI !
JE... JE DOIS Y ALLER.
AU REVOIR.
FWIP
AU REVOIR, PETITE !
Trop mignonne...
TADAP
AUCUN DES MARCHANDS NE L'A VU.
DANS CE CAS, ALLONS À LA PLAGE.
BONNE IDÉE. MAIS ON NE PRENDRAIT PAS LE PETIT-DÉJEUNER, AVANT ?
FLOU
...
SI. ALLONS MANGER.
YOUHOU !

Du ragoût de porc, ça vous dit ?
Ouais...
...
MOON, QU'EST-CE QUE TU FAIS DANS CETTE JARRE ?
FWIP
MADAME, JE PEUX EMPRUNTER VOTRE CHARRETTE, S'IL VOUS PLAÎT ?
HEIN ? EUH, SI TU VEUX.
ET UNE JARRE AUSSI ! LA PLUS GRANDE !
Mais... pour quoi faire ?
VAS-Y, PRENDS-EN UNE.

TADADAP
MERCI ! JE VOUS RAMÈNERAI ÇA TRÈS VITE !
QU'EST-CE QUI LUI ARRIVE, TOUT À COUP ?
Quelle force...
CLAC
CLAC
CLAC
CLAC
QUELQU'UN ESSAYAIT DE ME CAPTURER, JE ME SUIS BLESSÉ EN FUYANT.
HUFF
HUFF

LORSQUE J'AI ROUVERT LES YEUX...
J'AVAIS ATTERRI SUR LA PLAGE.
CE SONT EUX...!
CE SONT LES GENS QUI ONT BLESSÉ IRO ! J'EN SUIS CERTAINE !
CLAC
CLAC

SHAAA
NAMSOON !
FSH
FSH
PAR ICI !
HMM...
DES TRACES DE PAS DANS UN ENDROIT AUSSI DÉSERT...?
SUIVONS-LES !
SHH

LES TRACES S'ARRÊTENT ICI.
JE NE SAVAIS PAS QU'IL Y AVAIT UNE GROTTE À CET ENDROIT...

ALLONS VOIR À L'INTÉRIEUR !
TAP
TAP
FWISH
FWIP
ALORS ? LE TRITON EST LÀ ?
...

NON. LA GROTTE EST VIDE.
OUAH ! C'EST SUPER JOLI.
NE VOUS LAISSEZ PAS DISTRAIRE. FOUILLONS CET ENDROIT.
OUI, OUI.
FSH
FSH
OH, IL Y A QUELQUE CHOSE ICI !
FWIP
Déjà ?
HMM...
FSH
INTÉRESSANT.
ON DIRAIT BIEN QUE QUELQU'UN PREND SOIN DU TRITON.

TU NE PENSES PAS QUE ÇA POURRAIT ÊTRE UN DAUPHIN BLESSÉ, PLUTÔT ?
Ils s'échouent souvent sur la plage.
SAUF QUE LES DAUPHINS N'ONT PAS D'ÉCAILLES.
OUI…
ÇA POURRAIT EN ÊTRE UN.
SHH
NOUS AVONS ENFIN…
UNE TRACE DU TRITON !

PEU
DE TEMPS
AVANT
IRO !
VLA
DADAM
NOUS DEVONS PARTIR D'ICI TOUT DE SUITE !
IRO, TU ES LÀ ?!
FSH
?
?
PFIOU, TE VOILÀ !
NOUS DEVONS PARTIR !
SPLASH
JE T'EXPLIQUERAI TOUT EN CHEMIN !

POUR L'INSTANT...
GLOU GLOU
GLOU
TU DOIS ABSOLUMENT...
SPLASH
SPLASH
RENTRER LÀ-DEDANS !
TOUDOUM
JE SAIS QUE CE QUE JE DIS EST BIZARRE...
MAIS FAIS-LE !

TAC
FAIS-MOI CONFIANCE, S'IL TE PLAÎT !
!
FWOUSH
IRO !
SHH

MERCI DE ME FAIRE CONFIANCE !
HÉ HÉ
JE VAIS COUVRIR LA JARRE AVEC UN TISSU POUR QU'ON NE TE VOIE PAS.
FWIP
TU NE DOIS PAS SORTIR TANT QUE JE NE TE DIS PAS QUE C'EST BON !
CRII
C'EST IMPORTANT...

BRR
BRR
NRRGH
PARCE QUE NOUS ALLONS...
BROUHAHA
DEVOIR PASSER...
TAC TAC TAC
PAR LE MARCHÉ !
BROUHAHA

BONJOUR, MOON !
QU'EST-CE QUE TU PORTES, COMME ÇA ? ET POURQUOI TES VÊTEMENTS SONT TREMPÉS ?
BONJOUR, MADAME !
RESTAURANT
RIZ S
RAY
J'AI PÊCHÉ UN JOLI POISSON…
BLOUP
BLOUP
HA HA HA !
J'AIMERAIS LE MONTRER À JONGHWA !
BLOUP
BLOUP
ALORS JE SUIS UN JOLI POISSON ?
PFFT

QUE TU ES GENTILLE !
LA ROUTE NE SERA PAS FACILE. TIENS, MANGE ÇA EN CHEMIN.
OUAH !
MERCI ! ATTENDEZ, J'AI DE LA MONNAIE DANS MA POCHE...
MAIS NON, CE N'EST PAS LA PEINE !
MAIS SI ! TENEZ !
ET VOUS AUSSI, MADAME !
TRAVAILLE JUSTE À CÔTÉ.
ARGENT DES DAURADES ROUGES
AU REVOIR !
BONNE ROUTE !
CLAC
CLAC
CRII
CLAC
CLAC
CLAC

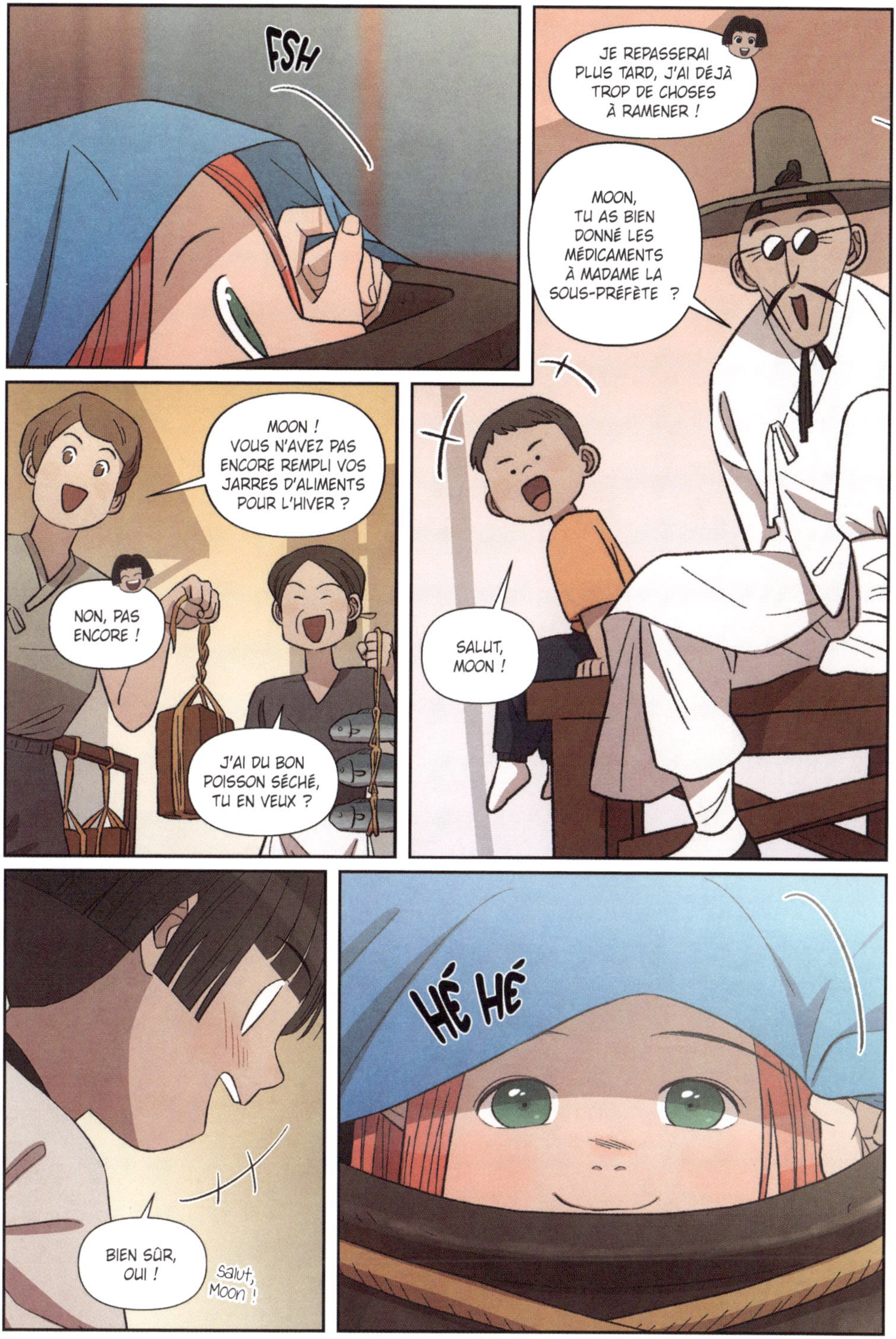
FSH
JE REPASSERAI PLUS TARD, J'AI DÉJÀ TROP DE CHOSES À RAMENER !
MOON, TU AS BIEN DONNÉ LES MÉDICAMENTS À MADAME LA SOUS-PRÉFÈTE ?
SALUT, MOON !
MOON ! VOUS N'AVEZ PAS ENCORE REMPLI VOS JARRES D'ALIMENTS POUR L'HIVER ?
NON, PAS ENCORE !
J'AI DU BON POISSON SÉCHÉ, TU EN VEUX ?
BIEN SÛR, OUI !
Salut, Moon !
HÉ HÉ

COMMENT VA VOTRE JAMBE ?
MIEUX, MERCI !
TANT MIEUX !
CLAC
CLAC
ÇA A L'AIR TRÈS LOURD, FAIS ATTENTION SUR LA ROUTE !
CLACLAC
OUI, NE VOUS EN FAITES PAS. JE SUIS SUPER FORTE ! À BIENTÔT !
CLAC
CRII
IRO, TU PEUX SORTIR !
CLING

PFIOU
!
OUAH
JE SUIS DÉSOLÉE DE T'AVOIR FAIT PEUR.
TU AS DÛ TE SENTIR PERDU SANS EXPLICATIONS, NON ?
TOUT À L'HEURE, J'AI VU DES GENS AU MARCHÉ QUI TE CHERCHAIENT.
À MON AVIS, CE SONT EUX QUI T'ONT BLESSÉ.
FIOU

FWIP
FWIP
COMME LE MARCHÉ EST PROCHE DE LA GROTTE…
ILS AURAIENT PU TE RETROUVER TRÈS FACILEMENT.
ALORS JE ME SUIS DIT QU'IL VALAIT MIEUX QUE TU RESTES CHEZ MOI JUSQU'À CE QUE TU AILLES MIEUX.
PARCE QUE CHEZ NOUS, IL Y A…
HEIN ?
AH !
ÇA, C'EST UN BŒUF.
MEUUH
IL NOUS AIDE À LABOURER LES CHAMPS. C'EST NOTRE AMI.

ET LÀ-BAS, C'EST UN AVION.
IL EST TOMBÉ DU CIEL IL Y A TRÈS LONGTEMPS.
ET ÇA, C'EST CHEOL. IL VIENT DU VILLA...
EH !
OH NON !
IRO, CACHE-TOI !
MOON !
SALUT, CHEOL !
QU'EST-CE QUE TU FAIS DEHORS À CETTE HEURE ?
Tu n'as pas école ?
J'AVAIS QUELQUES COURSES À FAIRE !

OH, JE VOIS !
JE SUIS EN RETARD, J'Y VAIS !
Jouons ensemble, la prochaine fois !
AU REVOIR, CHEOL !
ON FERAIT MIEUX DE PRENDRE UNE ROUTE UN PEU PLUS LONGUE, MAIS TRANQUILLE…
TIENS BON ENCORE UN PEU, D'ACCORD ?
FWIP
FWIP
CLACLAC
CUI
CLAC
CLAC
CUI

CUI CUI
SNIF SNIF
ÇA SENT BON, ICI...
CLAC
CRII
FAISONS UNE PAUSE.
FSH
CUI
CUI
CUI

FIOU
QUELLE CHALEUR...
HMM ?
SHH
DÉSOLÉ...
ET MERCI...!
C'EST BIEN ÇA ?
FWIP
MAIS DE RIEN !

J'AI APPRIS QU'IL FAUT TOUJOURS S'ENTRAIDER.
C'EST COMME ÇA QUE LE MONDE DEVIENT MEILLEUR !
APRÈS LE DÉCÈS DE PAPA ET MAMAN...
MADAME LA SOUS-PRÉFÈTE, JONGHWA, TATIE ET LES GENS DU VILLAGE M'ONT BEAUCOUP AIDÉE.
ALORS JE ME SUIS PROMIS QUE, QUAND CE SERAIT MON TOUR...
J'AIDERAIS AUSSI QUELQU'UN DE TOUTES MES FORCES !
JE SUIS CONTENTE DE POUVOIR T'AIDER, IRO !

GRRL
GRRL
OH...

J'AI TELLEMENT COURU QUE J'AI FAIM, MAINTENANT !
ET SI ON MANGEAIT LES GÂTEAUX DE RIZ QUE M'A DONNÉ LA DAME DU MARCHÉ ?
HÉ HÉ
FWIP

Ils sont bons ? c'est ceux qu'on avait mangés la dernière fois !

...
OH !
HA HA HA !
NOUS N'AVONS PLUS QU'À SUIVRE CES TRACES, ET ON LE CAPTURERA EN UN RIEN DE TEMPS.
J'ARRIVE, TRITON !

MAINTENANT, CE N'EST PLUS QU'UNE QUESTION DE TEMPS !
ENFIN, C'EST CE QUE JE PENSAIS...
GNIP
AAAAAAHH
Mais il y a trop de monde, ici !
JE N'ARRIVE PAS À CROIRE QUE LES TRACES MÈNENT AU MARCHÉ !
TAC TAC
ALLEZ, T'EN FAIS PAS. ON SE METTRA À NOUVEAU À SA RECHERCHE.
OUI ! AU MOINS, ON SAIT QUE LE TRITON EST EN VIE !
FSH
JE LE RETROUVERAI, COÛTE QUE COÛTE !
FWISH
FWISH
ON VA D'ABORD MANGER ?
FWIP

SHAAA

ÇA, C'EST UNE SAUTERELLE.
UNE FOIS GRILLÉE, C'EST DÉLICIEUX !
?
HMM… GRILLER, C'EST CUIRE AVEC DU FEU…
LE FEU, C'EST… COMMENT DIRE…
C'est difficile à expliquer.
JE TE MONTRERAI, LA PROCHAINE FOIS.
CUI
CUI
C'EST ELLE QUI FAIT "CUI-CUI".
TOUS LES MATINS, C'EST SON CHANT QUI ME RÉVEILLE.
CUI
FRSH
IL Y EN A AUSSI QUI FONT "ROU-HOU".
IL Y A TELLEMENT D'OISEAUX QU'IL DOIT EXISTER AU MOINS MILLE CHANTS DIFFÉRENTS.
FRRSH

HEEUH !
!!!
FRSH
?!
AH !
ÇA, C'EST UN CHEVREUIL.
IL EST MIGNON, MAIS SON CRI NE L'EST PAS DU TOUT, HEIN ?
LE "KRIKK" QUE TU ENTENDS VIENT D'UNE CIGALE…
ET CES ARBRES TOUT BLANCS SONT DES BOULEAUX.
AH, L'ANIMAL QUI VIENT DE PASSER…
C'ÉTAIT UN ÉCUREUIL !

IRO, TU ES VRAIMENT TRÈS CURIEUX !
HMM ?
TU VEUX ME DIRE QUELQUE CHOSE ?
OH HISSE !
LA PROCHAINE FOIS QU'ON IRA À LA MER, JE TE FERAI VISITER AUSSI !
MAIS AVANT ÇA, JE T'APPRENDRAI À NAGER !
PARCE QUE POUR ALLER DANS L'EAU, SAVOIR NAGER, C'EST INDISPENSABLE.

D'ACCORD !
SI C'EST TOI
UI M'APPRENDS,
J'Y ARRIVERAI
RAPIDEMENT !
BON, ON SE REMET EN ROUTE ?
HOP LÀ !
TAC
IL VA FALLOIR MARCHER À PARTIR D'ICI.
FWIP
FWIP
IL N'Y A PERSONNE !
IRO, TU ES PRÊT ?
HOCHE
ACCROCHE-TOI BIEN À MON COU.

GNIP
UN… DEUX… ET HOP !
EST-CE QUE ÇA VA ?
SUPER. DANS CE CAS…
ON Y VA !!!
FWOUSH
ACCROCHE-TOI BIEN !
KIRKK
FRRSH
HUFF
HUFF
CUI
CUI
HUFF
HUFF

GNIP
ÇA VA ALLER, IL SUFFIT D'OUVRIR CETTE PORTE, ET ON Y SERA !
VOILÀ !
CRII
TADAH !
OUAH
C'EST ICI, MA MAISON !
BIENVENUE CHEZ NOUS, IRO !
JE VIS ICI AVEC JONGHWA.

C'EST LA MAISON OÙ SON PÈRE VIVAIT QUAND IL ÉTAIT ENFANT.
C'EST SON PÈRE QUI A CONSTRUIT CET ÉTANG, IL Y A TRÈS LONGTEMPS.
IL ÉTAIT SOUVENT MALADE, ALORS LE PAPI DE JONGHWA A FAIT CET ÉTANG POUR QU'IL PUISSE SE PROMENER DANS LE JARDIN.
PLOUF
SHH
SPLASH
TU SERAS EN SÉCURITÉ ICI EN ATTENDANT QUE TA BLESSURE GUÉRISSE.
SHH
ALORS, COMMENT TU TE SENS ?

TU PEUX ÊTRE TRANQUILLE. ICI, PERSONNE NE POURRA TE RETROUVER.
BON, MOI, JE DOIS Y ALLER. JE REVIENDRAI PLUS TARD !
FWIP
FAIS ATTENTION À NE PAS TE FAIRE REMARQUER PAR LES AUTRES !
À TOUT À L'HEURE, IRO !
FWIP
FWIP
SHH

JE SUIS TELLEMENT CHANCEUX D'AVOIR RENCONTRÉ MOON.

MADAME LA SOUS-PRÉFÈTE !
OH, NAMSOON.
Mais aussi Heejun et Changseok.

TIENS, LE BASSIN EST PRESQUE TERMINÉ ?
OUI, PRESQUE.
IL NE MANQUE PLUS QUE LE TRI-TON...
ALORS, VOUS L'AVEZ RETROUVÉ ?
PAS ENCORE, NON !
MAIS ON A TROUVÉ DES TRACES...
INDIQUANT QUE QUELQU'UN L'A PRIS SOUS SON AILE.
QUELQU'UN L'A PRIS SOUS SON AILE ?
OUI !

C'EST PROBABLEMENT UN HABITANT DE L'ÎLE. PEUT-ÊTRE QU'ON POURRAIT DIFFUSER UNE ANNONCE À LA RADIO !
NOUS CONTINUERONS LES RECHERCHES EN ATTENDANT, BIEN SÛR.
ET SI LA PERSONNE QUI L'A RETROUVÉ ÉTAIT QUELQU'UN QUI NE M'APPRÉCIE PAS… ?
PARDON ?
ÇA EXISTE, ÇA ?
HA HA !
JE SUIS HUMAINE, TOUT COMME VOUS, ALORS BIEN SÛR QU'IL Y A DES GENS QUI NE M'AIMENT PAS.
ON DIFFUSERA UNE ANNONCE PLUS TARD. POUR L'INSTANT, CONTINUEZ DE CHERCHER DISCRÈTEMENT, D'ACCORD ?
OUI, M'DAME.

MAIS… VOUS CROYEZ QUE LES GENS SERAIENT PRÊTS À PAYER POUR VOIR UN TRITON ?
TU ÉTAIS BIEN SURPRISE LA PREMIÈRE FOIS QUE TU EN AS ENTENDU PARLER, NON ?
ON DIT QUE CES CRÉATURES SONT FASCINANTES.
LES GENS VIENDRONT DES QUATRE COINS DU PAYS POUR LE VOIR.
GRÂCE À LUI, NOUS GAGNERONS BEAUCOUP D'ARGENT.
NOUS POURRONS CONSTRUIRE DES CHANTIERS NAVALS…
ET ACHETER PLUS DE BATEAUX DE PÊCHE.
PLUS TARD, DE NOUVELLES PERSONNES VIENDRONT S'INSTALLER ICI.

SANGA EST UNE ÎLE FORMIDABLE…
MAIS NOUS POUVONS LA RENDRE BIEN MEILLEURE.
FWIP
LE TRITON, C'EST LA PREMIÈRE ÉTAPE POUR Y ARRIVER. IL NOUS LE FAUT…
À TOUT PRIX !

AUBERGE DE SANGA
D'APRÈS LES PÊCHEURS, LE TRITON EST BLESSÉ.
QUOI ?!
BLESSÉ ?! QU'EST-CE QU'ILS LUI ONT FAIT ?
JE NE SAIS PAS. ILS ONT PEUT-ÊTRE UTILISÉ UN HARPON.
PFF, QUELLE BANDE DE BARBARES ! IL N'EST PAS MORT, J'ESPÈRE ?
NON, ON A TROUVÉ DES INDICES QUI PROUVENT QU'IL EST TOUJOURS EN VIE.
TANT MIEUX.
TU SAIS QUE TU DOIS METTRE LA MAIN DESSUS AVANT OKHWA, N'EST-CE PAS ?

OUI.
JE TE FAIS CONFIANCE, MAIS JE TE LE DIS CAR ELLE N'EST PAS FACILE À BATTRE.
IL FAUT ABSOLUMENT QU'ON LE RETROUVE !
J'AI DÉJÀ COMMANDÉ UN IMMENSE AQUARIUM JUSTE POUR LUI !
JE VAIS FAIRE DE MON MIEUX.
AH, ET SI TU MANQUES D'ARGENT, DIS-LE-MOI, JE T'EN ENVERRAI.
ÇA IRA, MERCI. JE VOUS LAISSE.
TUUT
PFF !
TOUJOURS AUSSI GRINCHEUSE, CELLE-LÀ !

C'EST VRAIMENT TROP ENNUYEUX D'ATTENDRE QU'ELLE ME RAPPELLE !
TAC
RON
RON
SHH
TU NE TROUVES PAS, TIGROU ?
RON
BON, TANT PIS.
SHH
J'IRAI CHERCHER CE TRITON MOI-MÊME !

MOON, TU AS ALLUMÉ LA BOUGIE ?
NON, PAS ENCORE. ATTENDS...
AH ! MAINTENANT, C'EST BON.
Super !
DÉPÊCHONS-NOUS D'Y ALLER !
CHUT ! TU VAS RÉVEILLER TATIE !
ZZZZ
RRRR
ELLE A LE SOMMEIL LOURD, ON DIRAIT...
...

MAIS NE FAISONS PAS DE BRUIT QUAND MÊME.
TAP
TAP
D'ACCORD !
Pfiou !
JE SUIS SI NERVEUSE QUE J'AI L'IMPRESSION QUE MON CŒUR VA EXPLOSER...
TU AS MAL ?! IL FAUT RÉVEILLER TATIE !
Mais non !
C'EST JUSTE UNE FAÇON DE PARLER !
MAIS... OÙ EST LE TRITON ?
ATTENDS, ON N'A PLUS QU'À L'APPELER.
FWIP
FWIP

IL FAIT TOUT NOIR, J'Y VOIS RIEN... IL ARRIVE ?
OUI ! REGARDE, IL EST LÀ-BAS !
SHH
POP
!
Oh là là !
OUAH, UN VRAI TRITON... !
EXCUSE-NOUS, IRO, ON EST UN PEU EN RETARD.

ELLE, C'EST JONGHWA ! JE T'EN AI SOUVENT PARLÉ.
SALUT, IRO...!
JE SUIS TELLEMENT CONTENTE D'ENFIN TE RENCONTRER...
HÉ HÉ
OH, IL A SOURI !
JE CROIS QU'IL DIT QU'IL EST CONTENT DE TE RENCONTRER, LUI AUSSI !
Dis, pourquoi tu as un nénuphar sur la tête ?
Ha ha ha ha !

JE VAIS SORTIR FAIRE QUELQUES COURSES. GARDEZ BIEN LA MAISON EN MON ABSENCE.
OUI TATIE !
SI VOUS AVEZ FAIM, J'AI LAISSÉ DES PETITES CHOSES À GRIGNOTER DANS LA CUISINE, ALORS SERVEZ-VOUS.
OUI TATIE !
ET MOON, TU DEVRAIS RATTRAPER LA LEÇON QUE TU AS MANQUÉE HIER !
EUH... OUI TATIE...
FWIP
CES DERNIERS TEMPS, TU RENTRES DE PLUS EN PLUS TARD, ET TU RATES MÊME L'ÉCOLE !
HÉ HÉ...
FWIP
FWIP
TU NE FAIS PAS DE BÊTISES DEHORS, HEIN ?

ZZZZ
RRRRR
JONGHWA...
OUI ?
TU PENSES QU'ON DEVRAIT DIRE À TATIE QU'IRO EST DANS L'ÉTANG ?
HMM...
NON, NE LUI DISONS RIEN !
C'EST BIEN PLUS EXCITANT DE GARDER ÇA SECRET.
TU CROIS ? BON, D'ACCORD !
ALORS ON NE DOIT RIEN DIRE NON PLUS À MADAME LA SOUS-PRÉFÈTE ?
DE TOUTE FAÇON, MAMAN EST TROP OCCUPÉE POUR VENIR ICI.
Quand même !
ELLE POURRAIT VENIR PENDANT QU'IRO EST LÀ.
HMM...
BON, SI ELLE NOUS CROIT, ON LUI FERA RENCONTRER IRO, MAIS SI ELLE NE NOUS CROIT PAS, ON NE LUI MONTRERA PAS.
D'accord ?
CEUX QUI NE CROIENT PAS AUX SIRÈNES NE MÉRITENT PAS DE RENCONTRER IRO !
HA HA HA
D'ACCORD !

NON...
BIEN SÛR QUE NON !
HÉ HÉ !
?
S'IL ARRIVE QUELQUE CHOSE, APPELEZ IMMÉDIATEMENT LA MAISON PRINCIPALE, COMPRIS ?
COMPRIS !
JONGHWA, TOI, TU RESTES À LA MAISON. PAS DE SORTIE !
FWIP
ARGH
OH, C'EST BON ! JE NE SUIS SORTIE QU'UNE FOIS !
Pas la peine de me gronder comme ça !
OH LÀ LÀ, QUEL CARACTÈRE ! TU NOUS FAIS DÉJÀ TA CRISE D'ADOLESCENCE ?
ALLEZ, J'Y VAIS !
...
ELLE EST PARTIE !

VITE, ALLONS À L'ÉTANG !
VLADADAM
ATTENDS UNE SECONDE, JE DOIS RETIRER MES VÊTEMENTS !
PRENONS AUSSI DES COLLATIONS !
HI HI
OUI, D'ACCORD ! SURTOUT DES BISCUITS AU MIEL !
FRSH
SHH
...
HMM
c'est étrange...
ELLES VONT PIQUE-NIQUER... ?

DOUM
TOUDOUM
TADAM
ALLEZ, ON Y VA !
Qu'est-ce que tu as pris ?
Des biscuits, du riz aux châtaignes et de la pâte de riz au miel !
TADADAP
IRO !
SHH

TU AS BIEN DORMI ?
FWIP
FAIS ATTENTION, MOON.
Je ne sais pas nager...
NE T'INQUIÈTE PAS, JONGHWA ! IRO EST UN TRITON, TU SAIS !
C'est un pro de la natation !
PLOUF
ON A APPORTÉ UN GOÛTER À PARTAGER APRÈS L'ENTRAÎNEMENT DE MOON.
ON LES MANGERA ENSEMBLE TOUT À L'HEURE !
ÇA VA ? L'EAU N'EST PAS TROP FROIDE ?
PAS DU TOUT ! ELLE EST BONNE.

ON DIT QUE NOUS, LES HUMAINS, ON FLOTTE DANS L'EAU GRÂCE À NOS POUMONS.
IL FAUT D'ABORD QUE TU APPRENNES À FLOTTER.
POUF
AH OUI ?
ALORS POURQUOI MOI JE COULE TOUT LE TEMPS ?
FWIP
PARCE QUE TU PANIQUES, C'EST TOUT.
SI TU TE DÉTENDS ET QUE TU RESTES IMMOBILE, TU FLOTTERAS.
MAIS QUAND ON COMMENCE À BOIRE LA TASSE, ON PEUT PLUS RÉFLÉCHIR À ÇA !
IL SUFFIT DE RESTER CALME !
IRO SERA AVEC TOI, DE TOUTE FAÇON !

FWIP
C'EST VRAI, IRO EST LÀ...
FIOU !
TAC
SPLASH
BON ! C'EST PARTI !!!
OH LÀ LÀ !
Quel courage...
...

OH, DES BULLES...!
Elle remonte !
BLOUP
BLOUP
PUEEERGH !
KOF
KOF
KOF KOF !
FSHAAA
ÇA VA, MOON ?
OUI, ÇA VA...
KOF
KOF
OH ?
FWIP

JE TE SURVEILLERAI DE PRÈS POUR QUE TU NE COULES PAS...
ALORS FAIS-MOI CONFIANCE ET DÉTENDS-TOI.
ENSUITE, IL SUFFIT DE BOUGER TES JAMBES...
COMME JE FAIS AVEC MA QUEUE.
FWIP
FWIP

TU SAIS TRÈS BIEN RETENIR TA RESPIRATION SOUS L'EAU, MOON...
ALORS TU APPRENDRAS VITE À NAGER !
FWIP
HMPF !
MAINTENANT, JE VAIS TE LÂCHER TOUT DOUCEMENT.
SHH
HAAP
GRRRL
BLOUP
BLOUP

RESTE CALME, ET NE TE CRISPE PAS.
SHH
BLOUP
JE SUIS JUSTE À CÔTÉ DE TOI, MOON.
GRRL
BLOUP
HMPFF
GRRL
C'EST TRÈS BIEN !
MAINTENANT, ESSAIE DE BOUGER TES JAMBES.
FWIP
FWIP
JE N'AI PLUS D'AIR...!
GRRL
BLOUP
BLOUP
GRRL

[redacted]

EST-CE QUE ÇA VA, MOON ?
HAA
OUI…
J'AI QUAND MÊME UN PEU FLOTTÉ, NON ?
FWIP
HI HI.

MAMAN NAGEAIT TRÈS BIEN, ELLE.
ELLE AVAIT HÉRITÉ DU TALENT DE MA MAMIE, QUI ÉTAIT PLONGEUSE.
ELLE M'AVAIT PROMIS DE M'APPRENDRE À NAGER QUAND ELLE REVIENDRAIT…
MAIS ELLE S'EST ENDORMIE AU FOND DE LA MER AVEC PAPA.
C'EST POUR ÇA QUE JE NE SAIS PAS NAGER.
ET PUIS, ENTRER DANS L'EAU ME FAISAIT UN PEU PEUR.

MAIS AVEC IRO...
JE N'AI PAS PEUR DU TOUT !
JE DIS ÇA ALORS QUE JE N'ARRIVE MÊME PAS ENCORE À FLOTTER.
HA HA
Tiens !
MOON, SÈCHE-TOI AVEC ÇA. TU VAS ATTRAPER FROID.
MERCI, JONGHWA !
KOF
KOF

[redacted]

[redacted]

AUBERGE DE SANGA
LES TRACES SE SONT ARRÊTÉES AU MARCHÉ.
COMMENT JE VAIS FAIRE POUR LE RETROUVER MAINTENANT ?
EST-CE QUE MADAME LA SOUS-PRÉFÈTE L'A DÉJÀ CAPTURÉ ?
6
SI C'EST LE CAS, IL VA FALLOIR QUE J'AILLE CHEZ ELLE...
CLAC
STOP
!
SHH
...

VLAM
QUI EST LÀ ?!

…
HAA…
VOUS ÊTES VRAIMENT VENUE…
FIOU
HORAN ! COMMENT ÇA VA ?
COUCOU !
QUAND ON ENTRE, ON FRAPPE À LA PORTE !
POURQUOI EST-CE QUE JE FRAPPERAIS À LA PORTE DE MA PROPRE CHAMBRE ?
OH !
ET SI J'ÉTAIS EN PEIGNOIR, TU Y AS PENSÉ ?
EUH…
POURQUOI VOUS SERIEZ EN PEIGNOIR DANS MA CHAMBRE ?
POUF
TU N'ES MÊME PAS UN PEU SURPRISE DE ME VOIR…
ARGH
ET TU N'AS PAS L'AIR TRÈS RÉJOUIE NON PLUS !
PFF !
TU ES SI ENNUYEUSE !

QU'EST-CE QUE VOUS FAITES ICI ?
FIOU
JE SUIS VENUE VOIR MON CHER TRITON, ÉVIDEMMENT !
JE NE POUVAIS PLUS ATTENDRE.
IL PARAÎT QU'IL EST BLESSÉ ?
FOUILLE
FOUILLE
TADAM
J'AI APPORTÉ TOUT LE NÉCESSAIRE...
POUR L'EMPAILLER S'IL VENAIT À MOURIR !

REPARTEZ IMMÉDIATEMENT !
Quoi ?!
C'EST TROP MÉCHANT !
JE VIENS POUR T'AIDER, ET TU ME TRAITES COMME ÇA ?!
FWISH
Ouiiiin ! J'ai peur !
VOUS VOUS SOUVENEZ DE LA DERNIÈRE FOIS...
QUAND VOUS M'AVEZ DIT QUE VOUS M'AIDERIEZ POUR LA CHASSE À L'OURS, ET NOUS NOUS SOMMES FAIT PRENDRE DANS SON PIÈGE ?
BIEN SÛR QUE JE M'EN SOUVIENS ! J'AVAIS ACCIDENTELLEMENT ACTIVÉ LE PIÈGE !
FRSH
FRSH
Horan ! Qu'est-ce que je dois faire ?
TAC
ET LA CHASSE AU TIGRE QUI A FAILLI TOURNER À LA CATASTROPHE, VOUS VOUS EN RAPPELEZ ?
BIEN SÛR !
C'EST CE JOUR-LÀ QU'ON A CAPTURÉ TIGROU !

SI VOUS VOUS SOUVENEZ DE TOUT ÇA, VOUS DEVRIEZ…
VOUS N'AVEZ PAS L'INTENTION DE REPARTIR, C'EST ÇA ?
BIEN SÛR QUE NON !
HÉ HÉ
PFF…
D'HABITUDE, JE VOUS AURAIS DIT QUE NE RIEN FAIRE SERAIT LA MEILLEURE AIDE QUE VOUS PUISSIEZ M'APPORTER…
MAIS CETTE FOIS, J'AI JUSTEMENT QUELQUE CHOSE À VOUS DEMANDER.
VRAIMENT ?!
COMPTE SUR MOI !
Youhou !
JE FERAI TOUT CE QU'IL FAUT POUR AVOIR CE TRITON !

OH...!
ÇA Y EST, TU FLOTTES !
HMPF
C'EST SUPER, MOON !
FWIP
SPLASH
UN PETIT EFFORT DE PLUS, ET...
OH...
FWIP
SPLASH
TU COULES...
MAIS TU T'ES BEAUCOUP AMÉLIORÉE, MOON !
HI HI HI
Avant, tu ne flottais même pas...
T'AS VU ÇA ?!
HA HA
TOUT ÇA, C'EST GRÂCE À TON EXCELLENT PROFESSEUR.

BLOUP
BLOUP
Ha ha ha, il rougit !
À CE RYTHME, TU POURRAS BIENTÔT NAGER DANS LA MER.
C'EST ENCORE PLUS FACILE D'Y FLOTTER, TU SAIS.
VRAIMENT ?
OUI, VRAIMENT !
ON IRA ENSEMBLE, LA PROCHAINE FOIS ?
OUI ! ÇA VA ÊTRE TROP BIEN !
!
MOI...
MOI AUSSI, JE VEUX...
Y ALLER...
S'est évanouie devant Hwan l'autre jour
COMME JE SUIS FRAGILE, IL ME DIRA SÛREMENT QUE JE NE DOIS PAS SORTIR...
Hwan a vu Tatie lui donner des médicaments
...
Il l'a aussi entendue se faire gronder

QU'EST-CE QUE TU AS DIT, JONGHWA ?
HMM...
EUH
MOI AUSSI, JE VEUX Y ALLER...
ÉVIDEMMENT QUE TU VIENDRAS AVEC NOUS !
GÉNIAL...!
HÉ HÉ
CE SERA SI AMUSANT D'Y ALLER TOUS ENSEMBLE !
OUI !
PAS VRAI, IRO...?

KOF
KOF
KOF
?!
IRO, POURQUOI TU TOUSSES COMME ÇA...?
ÇA NE VA PAS ?
FWIP
FWIP
HWAN !
EST-CE QUE LES TRITONS PEUVENT ATTRAPER FROID ?
EUH... JE NE SAIS PAS TROP.
SHH
IL N'A PAS L'AIR D'AVOIR DE FIÈV...
OH NON, IL EST BRÛLANT !
IRO EST MALADE !
!!

ÇA VIENT PEUT-ÊTRE DE SA BLESSURE.
POURTANT, ELLE EST PRESQUE GUÉRIE…
Je-le-sais-parce que je change son bandage tous les jours.
HMM
DANS CE CAS, ÇA DOIT ÊTRE AUTRE CHOSE…
QU'EST-CE QUE ÇA POURRAIT ÊTRE ?
MOON, SORS DE L'EAU POUR TE SÉCHER.
MÊME SI ON EST AU DÉBUT DE L'ÉTÉ, TU POURRAIS ATTRAPER FROID.
D'ACCORD !

VOUS CROYEZ QUE J'AI MAL SOIGNÉ SA BLESSURE ?
Mais non...
SNIF
CE N'EST PAS ENCORE TROP GRAVE. ATTENDONS UN PEU POUR VOIR COMMENT ÇA ÉVOLUE.
IRO, JE NE VEUX PAS QUE TU SOIS MALADE.
FWIP
EN ATTENDANT, JE VAIS ALLER ME LAVER, PUIS JE T'APPORTERAI UN BON DÎNER !
QUAND ON EST MALADE, IL FAUT BIEN MANGER POUR REPRENDRE DES FORCES !
REPOSE-TOI, JE REVIENS CE SOIR !
TADAP

KOF
KOF
SHH

MADAME LA SOUS-PRÉFÈTE…
CELA FAIT QUELQUES JOURS QUE NOUS N'AVONS PLUS AUCUNE TRACE DU TRITON.
J'AI INTERROGÉ LES HABITANTS DU VILLAGE…
MAIS PERSONNE NE L'A VU, DERNIÈREMENT.
HMM…
EST-CE QU'IL A DÉJÀ ÉTÉ EMMENÉ AILLEURS ?
PARDON…?
VOUS SOUPÇONNEZ QUELQU'UN ?
IL Y A UNE FEMME QUI INVESTIT BEAUCOUP D'ARGENT DANS LES PROJETS DE L'ÎLE.

PENDANT QU'ON DISCUTAIT DE SES INVESTISSEMENTS, NOUS AVONS ÉCHANGÉ SUR D'AUTRES SUJETS, ET...
J'ADORE LES ANIMAUX !
PLUS ILS SONT RARES, PLUS JE LES AIME.
DANS CE CAS, VOUS DEVRIEZ VENIR VISITER NOTRE ÎLE, UN JOUR.
NOUS AVONS L'INTENTION DE PRÉSERVER CERTAINES ESPÈCES RARES POUR LES MONTRER AU PUBLIC.
VOUS AVEZ DÉJÀ VU UNE SIRÈNE ? OU PLUTÔT, UN TRITON ?
UN TRITON...?
ÇA EXISTE VRAIMENT ?
OUI. QUELQU'UN EN A APERÇU UN AU LARGE DE L'ÎLE.

JE LE VEUX !
KYAAA
Euh...
EXCUSEZ-MOI ?
DONNEZ-LE-MOI !
JE PENSAIS QU'ELLE AIMAIT JUSTE REGARDER LES ANIMAUX, PAS QU'ELLE VOULAIT LES POSSÉDER.
FIOU
EST-CE QUE CETTE FEMME POSE PROBLÈME ?
OUI. ELLE ME HARCÈLE POUR QUE JE LUI DONNE LE TRITON.

DEPUIS CE JOUR, ELLE N'ARRÊTE PAS DE ME CONTACTER.
VOUS AVEZ ATTRAPÉ LE TRITON ?
DONNEZ-LE-MOI !
Vous savez quelle heure il est ?
IL EST CINQ HEURES DU MATIN...
JE COMMENCE À ME DEMANDER SI ELLE NE L'AURAIT PAS VOLÉ...
HMM
MAIS PEUT-ÊTRE QUE JE M'INQUIÈTE POUR RIEN.
SI VOUS AVEZ CE PRESSENTIMENT, C'EST QU'IL DOIT Y AVOIR UNE RAISON.
De toute façon, on a toujours pas retrouvé le triton...
ALORS POURQUOI NE PAS CHERCHER CETTE PERSONNE À LA PLACE ?

HMM… C'EST UNE BONNE IDÉE.
MADAME, POURRIEZ-VOUS NOUS DÉCRIRE CETTE PERSONNE ET NOUS DONNER SON NOM ?
BIEN SÛR. IL S'AGIT DE…
MADAME LA SOUS-PRÉFÈTE !
VOUS AVEZ UNE INVITÉE…
JE CROYAIS QUE JE N'AVAIS PAS DE RENDEZ-VOUS, CE MATIN.
C'EST CE QUE JE PENSAIS AUSSI, MAIIIIS…
MERCI DE M'AVOIR GUIDÉE JUSQU'ICI, SUSUCRE !
SHH
PARDON ?
DÉSOLÉE DE DÉBARQUER SANS PRÉVENIR.

...
ÇA FAISAIT LONGTEMPS, GEUMJA.
COMMENT ALLEZ-VOUS, OKHWA ?
HO HO
JE VOUS AI APPORTÉ UN PETIT CADEAU ! CE N'EST PAS GRAND-CHOSE, MAIS JE NE POUVAIS PAS VENIR LES MAINS VIDES !
TAC
Merci...
DITES-MOI, QU'EST-CE QUI VOUS AMÈNE SUR NOTRE ÎLE ?
EH BIEN... VOUS M'AVIEZ INVITÉE, LA DERNIÈRE FOIS.
JE VOULAIS AUSSI VOIR COMMENT AVANCE LE PROJET DANS LEQUEL J'AI INVESTI.
FWIP
FWIP
CLAC
CLIC
CLIC
ET SURTOUT...

IL Y A UNE CONVERSATION QUE NOUS N'AVONS PAS PU TERMINER, N'EST-CE PAS ?
POUF

HÉ HÉ
OÙ EST MON TRITON ?

JE SUIS SI IMPATIENTE DE LE RENCONTRER !

PENDANT QUE JE CHERCHERAI DES INDICES DANS LE BÂTIMENT, VOUS DEVREZ DISTRAIRE MADAME LA SOUS-PRÉFÈTE.
ÇA, CE N'EST PAS BIEN DIFFICILE !
JUSQU'À QUAND ?
LE PLUS LONGTEMPS POSSIBLE. PLUS ÇA DURE, MIEUX C'EST.
FWIP
UNE FOIS QUE NOUS AURONS TOUTES LES DEUX TERMINÉ, RETROUVONS-NOUS ICI.
VOUS POUVEZ LE FAIRE, N'EST-CE PAS ?
HÉ HÉ
BIEN SÛR !
TU PEUX COMPTER SUR MOI !

CLIC
CLAC
EXCUSEZ-MOI ! JE SUIS VENUE VOIR MADAME OKHWA !
CLIC
BONJOUR. PUIS-JE CONNAÎTRE LE MOTIF DE VOTRE VISITE ?
Bonjour !
JE SUIS SON AMIE, GEUMJA !
AVEZ-VOUS PRIS RENDEZ-VOUS, PAR HASARD ?
OH LÀ LÀ ! DEPUIS QUAND ON PREND RENDEZ-VOUS ENTRE AMIES ?
NOUS SOMMES TRÈS PROCHES, VOUS SAVEZ !
HA-HA-HA…
JE VAIS TOUT DE MÊME VÉRIFIER AVEC MADAME LA SOUS-PRÉFÈTE. UN INSTANT, S'IL VOUS PLAÎT.
MAIS JE SUIS VRAIMENT SON AMIE !
Vous pensez que je mens ?
Non…
JE VOUS DEMANDE JUSTE DE PATIENTER UN PETIT MOMENT…
SHH

Vous ne me faites pas confiance, c'est ça ?!
C'est que...
TADAP
TAP
TAP
SHH
FRR
HMM…
L'ÉTAGE DU DESSUS RESSEMBLE À UN ESPACE DE VIE…
JE POURRAI SÛREMENT TROUVER DES INFORMATIONS SUR LE TRITON AU REZ-DE-CHAUSSÉE…
CRII

CETTE PIÈCE AUSSI EST UNE CHAMBRE.
JE VAIS JUSTE JETER UN ŒIL ICI AVANT DE DESCENDRE.
OH !
C'EST...
SHH
UN PLAN POUR UN IMMENSE AQUARIUM ?

AH !
ÇA, ON DOIT LE METTRE DANS L'ENTREPÔT.
ET CE QUE TU TIENS, ON LE MET OÙ ?
LES MEILLEURS OBJETS VONT TOUJOURS DANS L'ANNEXE !
HOP
C'EST LÀ QUE MADAME LA SOUS-PRÉFÈTE GARDE TOUT CE QU'ELLE PRÉFÈRE.
TADAP
AH OUI, C'EST VRAI.
L'ENDROIT OÙ ELLE GARDE TOUT CE QU'ELLE PRÉFÈRE EST...
HMM
L'ANNEXE ?

OÙ EST MON TRITON ?
JE SUIS SI IMPATIENTE DE LE RENCONTRER !
CLING
CLING
!
ALORS GEUMJA NON PLUS NE SAIT PAS OÙ IL SE TROUVE...!
EUH...
POURRIEZ-VOUS PATIENTER UN INSTANT ?
J'ÉTAIS EN TRAIN DE DONNER DES INSTRUCTIONS À MES EMPLOYÉS...
OH, DÉSOLÉE ! PRENEZ TOUT VOTRE TEMPS !
Je peux attendre !
NAMSOON ! FAITES DONC L'ANNONCE À LA RADIO DU VILLAGE, COMME CONVENU.
...!

AH, EUH...
OUI !
COMME VOUS VOUDREZ !
NOUS Y ALLONS SUR-LE-CHAMP, MADAME.
À BIENTÔT, MADAME LA SOUS-PRÉFÈTE !
S'INCLINE
?
?
?
?
Je t'expliquerai tout à l'extérieur !
AU REVOIR !
POUSSE
POUSSE
AHEM !
BON, REPRENONS LA CONVERSATION !
HEM !
AHEM

CLING
CLING
OÙ EST LE TRITON ?!
KYAA
LE TRITON...
ON A FAILLI L'ATTRAPER, MAIS IL NOUS A ÉCHAPPÉ.
QUOI ?!
MAIS VOUS M'AVIEZ DIT QUE VOUS ALLIEZ L'ATTRAPER !
FWIP
J'AI PEUT-ÊTRE ÉTÉ UN PEU TROP CONFIANTE.
DÉSOLÉE, MAIS VOUS ÊTES VENUE POUR RIEN, GEUMJA.
ON NE PEUT PAS DIRE QUE CE SOIT UN MENSONGE...
ALORS, QUELLES SONT LES CHANCES DE LE CAPTURER ?
POUR L'INSTANT, JE NE PEUX PAS LE DIRE AVEC CERTITUDE.

AH...
AAH...
GEUMJA ?
Est-ce que ça va ?
FWII
FWII
JE SUIS TELLEMENT DÉÇUE, OKHWA...
J'ÉTAIS SI EXCITÉE À L'IDÉE D'AVOIR CE TRITON QUE JE SUIS DESCENDUE JUSQU'À CE VILLAGE COMPLÈTEMENT PERDU !
POUF
HAA...
MAIS MAINTENANT, JE SUIS SI TRISTE QUE JE VAIS DEVOIR MANGER UN BON DÉJEUNER POUR ME CONSOLER...
PARDON ?
QUEL EST LE MEILLEUR RESTAURANT DE L'ÎLE ?
ET SI ON Y ALLAIT ENSEMBLE ?
QUOI ? NON, ÇA IRA, JE...
FWIP

ATTENDS UN PEU. JE DOIS DÉTOURNER SON ATTENTION DU TRITON, DONC JE FERAIS MIEUX D'ACCEPTER…
TRÈS BIEN, ALLONS-Y.
Ouiii !
EMMENEZ-MOI DANS UN ENDROIT OÙ LES PLATS SONT DÉLICIEUX !
ENTENDU.
JE VOUS MONTERAI AUSSI L'AVANCÉE DU PROJET DANS LEQUEL VOUS AVEZ INVESTI, EN CHEMIN.
PARFAIT !
C'EST TOUT POUR LE COURS D'AUJOURD'HUI.
MERCI DE VOTRE ATTENTION !
SI VOUS AVEZ DES QUESTIONS, N'HÉSITEZ PAS.
OUI, MOI !
J'AI DES QUESTIONS, MAÎTRESSE !
FWIP
OUI, MOON. JE T'ÉCOUTE.
POURQUOI LES BATEAUX FLOTTENT SUR L'EAU MÊME S'ILS SONT LOURDS ?
COMMENT ILS FONT POUR ALLER AUSSI VITE ?

POURQUOI LES OISEAUX CHANTENT TOUS LES JOURS ?
DEPUIS QUAND LES HUMAINS UTILISENT LE FEU ? POURQUOI LE FEU BRÛLE QUAND ON LE TOUCHE ?
EXPLIQUEZ-MOI TOUT, S'IL VOUS PLAÎT, MAÎTRESSE !
CLING
EH BIEN...
CLING
JE NE SAVAIS PAS QUE TU ÉTAIS UNE ÉLÈVE AUSSI CURIEUSE, MOON.
HMM
COMMENÇONS PAR LA PREMIÈRE QUESTION.
LES BATEAUX FLOTTENT GRÂCE À LA POUSSÉE D'ARCHIMÈDE.
LA POUSSÉE D'ARCHIMÈDE ?
ZZZ
C'EST QUOI ÇA, MAÎTRESSE ?

QUAND UN BATEAU EST DANS L'EAU, IL REÇOIT UNE FORCE ÉGALE AU VOLUME D'EAU QU'IL DÉPLACE.
BLA BLA
CETTE FORCE AGIT DANS LE SENS OPPOSÉ À LA GRAVITÉ.
BLA BLA
BLA BLA
TU SAIS CE QU'EST LA GRAVITÉ ?
LA GRAVITÉ, C'EST...
ET LE VOLUME, C'EST...
OOOH
C'EST AINSI QU'UN BATEAU PEUT FLOTTER.
Euh...
La poussée d'Archimède ?
La gravité ?
CE N'EST PAS FACILE À COMPRENDRE, N'EST-CE PAS ?
NON... JE N'AI RIEN COMPRIS.
HA HA HA...
POUR QUE TU COMPRENNES, IL TE MANQUE ENCORE CERTAINES NOTIONS DE BASE.
IL Y A UN ORDRE POUR APPRENDRE...

COMME POUR LA NATATION. TU DOIS D'ABORD SAVOIR FLOTTER AVANT DE NAGER.
EN APPRENANT PROGRESSIVEMENT, TU COMPRENDRAS UN JOUR.
HAA...
JE VOIS CE QUE VOUS VOULEZ DIRE !
C'EST TRÈS BIEN D'ÊTRE CURIEUSE DU MONDE QUI NOUS ENTOURE.
ENSEMBLE, NOUS APPRENDRONS PETIT À PETIT.
D'ACCORD !
BON, PASSONS À LA PROCHAINE QUESTION. UN BATEAU VA VITE CAR...
HMM
...

OÙ EST-CE QUE VOUS TRAÎNEZ TOUTES LES DEUX, CES DERNIERS TEMPS ?
...!
!
EUH...
ON PROFITE JUSTE DU BEAU TEMPS POUR SORTIR DANS LE JARDIN !
PAS VRAI, MOON ?
FWOUSH
OUI...
VOILÀ, C'EST ÇA !
ZIEUT
...

VOUS NE SORTEZ PAS DE LA MAISON, N'EST-CE PAS ?
MAIS NON !
RAAH
SI C'EST NON, PAS BESOIN DE S'ÉNERVER.
Tu me donnes encore plus de raisons de douter...
GRR
C'EST PARCE QUE TU NOUS SOUPÇONNES TOUT LE TEMPS, TATIE !
GRR
PUISQU'ON TE DIT QU'ON NE SORT PAS !
C'EST VRAI, ON EST RESTÉES DANS LE JARDIN, TOUTES LES DEUX !
ET QU'EST-CE QUE VOUS FAITES EXACTEMENT DANS LE JARDIN ?
EUH...
C'EST QUE...

EN FAIT, JE M'ENTRAÎNE À NAGER DANS L'ÉTANG !
QUOI ? DANS L'ÉTANG ?
OUI ! JE N'Y ARRIVE TOUJOURS PAS, ALORS J'AI UN PEU HONTE.
SHH
C'EST POUR ÇA QU'ON NE T'A RIEN DIT ! ALORS NE VIENS PAS NOUS ESPIONNER, D'ACCORD ?
OH LÀ LÀ. D'ACCORD, D'ACCORD.
MAIS...
POURQUOI T'ENTRAÎNER DANS CET ÉTANG SALE ?
TU AS LA MER JUSTE À CÔTÉ, ELLE EST BIEN PLUS PROPRE.
...?
L'EAU DE L'ÉTANG EST SALE...?
OUI, BIEN SÛR QU'ELLE L'EST.

TU N'AS PAS REMARQUÉ QU'ON NE VOIT MÊME PAS LE FOND ?
QUAND L'EAU EST TROUBLE, MÊME LES POISSONS ONT DU MAL À Y VIVRE.
C'EST VRAI QUE NOTRE ÉTANG EST GRAND…
MAIS IL NE VAUT PAS L'OCÉAN.
DONC TU DEVRAIS PLUTÔT T'ENTRAÎNER DANS LA MER, NON ?
SHH
ce n'est pas très loin en bus.
QUANT À TOI, JONGHWA, NE T'AVISE PAS D'ALLER TE BAIGNER, NI DANS L'ÉTANG NI DANS L'OCÉAN.
JE SAIS FAIRE ATTENTION À MOI, TATIE !
Je vais garder un œil sur toi.
Arrête, maintenant !
HIIK!

PFF!
FRANCHEMENT, TATIE S'INQUIÈTE TROP POUR MOI.
TOUT ÇA, C'EST À CAUSE DE MAMAN.
ELLE ME TRAITE COMME SI J'ÉTAIS EN SUCRE, ET MAINTENANT, TOUT LE MONDE FAIT PAREIL…
JONGHWA…

JE CROIS QUE JE COMPRENDS…
QUOI DONC ?
POURQUOI IRO…

NE SE SENT PAS BIEN, CES DERNIERS TEMPS !
BLOUP
BLOUP
KOF
KOF

À suivre...

Retrouve les aventures de

Moon et Iro

dans le deuxième

et dernier tome de la série.

Découvre les autres titres
de la collection

YAM·YAM

Ban Hana, une pop-star coréenne, ne s'attendait sûrement pas à voyager dans le temps et à retrouver, en 1987, son idole, le chanteur Woo Jae-ah, qui est sur le point d'arrêter la musique ! Une rencontre qui va chambouler la vie des deux jeunes gens... et leurs cœurs. Parviendront-ils à s'entraider ?

DODO • LEE EUM-SAE
THIS MUST BE LOVE
1
YAM·YAM
milan